21世紀に沁みる 古代ローマ詩人の声

韻律なくして真実なし

◆

ウェルギリウス

アエネーイス

第1巻の「内容と韻律形式の一致」

三浦恒正
Tsunemasa Miura

目　次

はじめに

　ラテン語を学んでいる1人として、同じように今後ラテン語にふれ、ウェルギリウスの作品に興味を持つであろう多くの方々へ、このようなアプローチをすると作品の味わいがより豊かになるのではと呼びかけたい、そのような思いから本書を著しました。多様な味わい方の1つとして興味を持っていただけたら幸いです。

　本書の視点と方法論は作品の精神的価値と詩的技巧に関する直観に発するものであり、それに基づく1行毎の積み重ねを通してやがてその可能性が明らかになる、そのような将来を目指すものである。『アエネーイス』は、人間の自治による世界の恒久平和と強欲の克服に向けたウェルギリウスの「声」であり、そしてそれは言葉の意味だけでなくその韻律と共に、言葉の総合力に担われていると考える。

　世界が転換点に直面するとき、来るべき時代の理念を担う文学作品が、そこに至る人間の諸蓄積を統合・再構築し新たな花を咲かせる。時代と国境を越えて読み継がれる古典作品では、そのような成り立ちも自然なことであるならば、『牧歌』『農耕詩』『アエネーイス』を生み出した共和制ローマ末期の詩人ウェルギリウスがその激動を生きたのは、覇権確立後の内戦を克服したローマによって、近隣同士で戦争しあるいは分裂しやすく、まさにローマをはじめ戦争の絶えなかった地中海世界に、持続的な平和とそれを支える法治が用意された人類史の転換点であったろう。
　前13世紀頃の青銅器時代における神々と人間の世界を伝承する口頭詩群を、前8世紀にホメーロスが1つの主題を持つ長編に作り上げた

のであろうヘクサメテル『イーリアス』では、英雄アキッレースの願望でしかなかった「世界からの争いと怒りの滅絶」(Il. 18.107-108) が、紀元前1世紀の終盤、遂にウェルギリウスの眼前でアウグストゥスにより夢ではなくなった。ならば、その平和は永続する良き時代の幕開けとならなければならない。それを可能とする精神文化とは如何なるものなのか。

　ウェルギリウスを一世代さかのぼるルクレーティウスが、激化する内戦の最中に、エピクロスの原子論に基づいてヘクサメテルにのせて著した哲学詩『事物の本性について』において、彼は、肉体が必要なものは僅かであるにもかかわらず強欲が人間を惨めにし、ついには戦争へ導く (Lucr. 2.14-21, 5.1416-1435) とした。強欲から人間を解放するのは「精神の平静（至高の快）」であり (Lucr. 2.7-13)、そこへは青銅器時代以来の伝統的な相互授受の宗教を排し、理性を働かせ正しい理知（原子論）で精神を導いてこそ到達できるとした (Lucr. 2.37-61)。原子論の光の中ではこの世界への神々の関与も死後の世界もあり得ない (Lucr. 3.14-27) にもかかわらず、宗教が死後の恐怖や神罰の闇で人間を抑圧する (Lucr. 1.62-65) がゆえに、死から極力離れた人生への願望をつのらせ、強欲を生み出す (Lucr. 3.37-78) と非難したのである。ここには、青銅器時代以来の、地中海世界を苦しめてきた多くの戦争を抑止できなかった神話的精神文化をヘレニズム時代に勃興した理性の力が否定するという構図がある。
　そのルクレーティウスが、「海難」と「戦争」を安全な場所から眺めることは観察者にとって快となり得る (Lucr. 2.1-5) とするとき、その観察者とは、彼の否定する神々と人間の関係を歌うホメーロスの『オデュッセイア』と『イーリアス』の受け手のことではないだろうか。さらに続けて、それらを快とする心性の究極の姿が、強欲の人々を観察し至高の快を覚える「精神の平静」である (Lucr. 2.7-13) とするとき、アキッレース

の「神々自身には何の憂いもない一方で、哀れな人間には苦しみと共に
生きる運命を定めた (Il. 24.525-526)」との諦観や「冥界での死が地上で
の生に比していかに劣るものか (Od. 11.488-493)」との嘆きにうかがえ
る神話的精神文化の闇に、理性の光を当てホメーロスの両ヘクサメテル
の受け手を正しく導くのはこの哲学のヘクサメテルだと主張するかのよ
うだ。アキッレースの認識に対して、その前半「神々には何らの心労も
ない (Lucr. 6.62)」を共有しつつも、その後半では真逆の命題「神々は人
間に関与せず、冥界も存在しない」を提示するのである。

　ここにおいてウェルギリウスは、世界全体が持続的に平和になり得る
という前二者の経験したことのない史上初めての現実から出発して、前
二者との対話が内包され、その対話を経てそれらが止揚※されるように、
同じく「海難」と「戦争」の物語を『アエネーイス』の必須の要素とし、弁
証法的に言えば、ホメーロスの「正※」とルクレーティウスの「反※」に対
する「合※」を創造したように思える。(※著者はこれら近・現代の弁証法の
用語を使用するが、ウェルギリウス自身がこれらの用語で思考したのではない
だろう)

　以下に、このような弁証法がうかがえる事例を 5 つ列挙し、その後に
ウェルギリウスに特徴的な「カルターゴー」という存在の意味をこの視
点から考えてみたい。

　第 1 に、ユッピテルが遥か未来のローマ人がなすべき平和の再建を
ウェヌスに教えること (A. 1.278-296) は、言い換えれば、至高神を「世
界の恒久平和の長期ビジョンを持つ存在」に再定義したことになる。こ
の世界の恒久平和は、ホメーロス的な神々と人間の「相互授受の敬神」
の完成形と言えないであろうか。すなわち、個人の個別の賞罰は法治の
下で人間の自治に委ねられるべきものであり、世界の根本的なビジョン
をこそユッピテルは担い、人間への利他の愛 (無償の愛) ゆえに (恐らく
人間に労苦の生を授けた時から) 人間がしかるべき労苦の積み重ねで成

就する定めとして、世界の恒久平和をゴールに据えていたという理解である。そのとき、その定めの労苦を重ねる過程で人間は成熟し、その敬神も見返りを期待する相互授受から、利他の愛（無償の愛）を神々に、そして同時に敬神（pietās）の広い意味から、当然人間関係にも向けるものへと脱皮するのではないだろうか。全12巻における配置関係が、先のウェヌスへの教授とキアスムスをなすユーノーへの教授の中で「（ローマ人の）人間も神々をも越える敬神（A. 12.839）」とユッピテルが告げるとき、その「敬神」とは、起こり得る堕落への抵抗力を考慮すれば、単に量的に凌駕するのではなく「利他」へと質的転換を果たしているのだろうと考える。

　一方、ウェルギリウスの「利他の愛」は利己的「強欲」を排除し、ルクレーティウスの目標である「心の平静」を可能とするだろう。世界の恒久平和は、ルクレーティウスが、真の敬神のために必要とするものであった（Lucr. 1.29-43, 5.1198-1203）ことを考えると、利他の敬神によって「世界の恒久平和」が実現されたとき、ウェルギリウスの敬神は、ホメーロスの敬神とルクレーティウスの敬神を止揚することになるだろう。

　ここで、ユッピテルの無償の愛ゆえの人間への関与は、ルクレーティウスによる神々の介入否定の根拠である「無限の過去から既に完成形である不死の神々は、未来永劫、宇宙や人間誕生前からの従前の有り様を変える（例えば世界や人間に関与する）はずがない（Lucr. 5.146-194）」という主張に対して、自らの神意（発願）が未成就の間は神々も不完全な存在なのだという返答を意味する。不完全ゆえの苦悩、怒り、愛である。言い換えれば、人間の敬神の成熟と共に神々は人間へ関与する必要がなくなり、その究極においてはルクレーティウスの主張する神々の有り様と等しくなるのではないか。

　第2に、ウェルギリウスは、世界の恒久平和に向けて人間が継続的に前進していくために、精神と冥界の有り様を変えた。すなわち冥界は、ホメーロスのように単に幻像となった死者が断罪され永遠に暗闇で過ご

す場所（Od. 11）ではなく、人間の精神の、罪に応じた罰による穢れ落としを経て浄福のエリュシウムに至る（過去の記憶も洗い流す）場所であり、約1000年間のその過程を経て本来の姿に回帰した精神（純粋で単一の高天の火）を地上に送り返す場所（A. 6.724-751）となる。このとき精神は、ルクレーティウスの「原子（sēmen）」の名で呼ばれ（A. 6.731）、原子のように分割不能な永遠の存在となる。

アエネーアースはその物語の前半で象徴的に、第1巻の海難による精神の死（A. 1.92）と、第6巻の冥界訪問による精神※の回復を経験する。（※高天の純粋さに発するであろう、遥か未来の名声への愛［A. 6.889］）

そして、後半の第7巻から第12巻では、そのことのために再生した精神が、「本来の仕事」をユーノーの煽る戦争の中でなす。ウェルギリウスが「より大きな仕事」に取りかかると宣言する（A. 7.44-45）のはこの意味であろう。それは、決戦に臨む父アエネーアースが子アスカニウスに私から学べという真の労苦（A. 12.435）であり、至高神の長期ビジョン実現のために身命を賭すことになる。

第3に、アキッレースの神授の盾に描かれた戦争を含む世界の諸相（Il. 18.483-608）において、その最後に盾の縁を循環するオーケアヌスの流れが描写されたことは、戦争と平和さえも永遠に循環する「世界の永遠循環」の主題の象徴のように思える。対照的に、アエネーアースの神授の盾では、ローマ建国以後に行われた全戦争の描写の最後にアウグストゥスの凱旋行列に参加する世界の果ての敗軍の民が描写されており（A. 8.626-728）、「一連の戦争の終着駅たる世界の恒久平和」の主題が象徴されていると思われる。至高神の長期ビジョンを双肩に担い、アエネーアースはルクレーティウスの観察者ならぬそれらの渦中で苦悩する者として、神々への愛と神々からの愛（そして怒り）と共に、強欲を排した戦争のない世界への基を、人間界の様々な愛にも導かれ勇気・武勇と労苦で切り開く。

それは、技術・軍事・経済・学芸の力が高まり地中海世界が広く統合

されて人間社会の規模と複雑さが増した時代に相応しく、ホメーロスとルクレーティウスの両ヘクサメテルを止揚する「多民族世界を晴朗にする精神文化」のヘクサメテルである。さらには、それは統合された現実世界において、征服者と被征服者、内戦で分断された社会、宗教と愛と理性、神々と自然と人間を和解へ導くことになるのだろう。

　第4に、『アエネーイス』の中で、至高神ユッピテルの目指す恒久平和の時代は、他のウェルギリウスの2作品でも既に歌い上げられていたように「黄金時代」と呼ばれる (E. 4; G. 1.125-128, 2.458-542, 2.536-540; A. 6.791-794)。かつてユッピテルにオリュンプスを追われた父神サートゥルヌスがイタリアの一隅ラティウムに隠れ、原初の人間を直接統治して (A. 8.314-325) それを実現した。しかし、ユッピテルが目指す「世界の黄金時代」は至高神自らの直接統治ではなく、先に述べたウェヌスへのローマ人の運命と責務の開陳に明らかなように、人間の労苦を通して実現すべきものであり、さらに言えば、成熟した敬神の人間自身の自治によって、神々の関与なしに維持し磨かれるべきものである。ここにおいても、息子ヘクトルを殺したアキッレースにその遺体返還を請う父プリアムスに投げかける、当事者アキッレースの「神々があなたにこの惨禍をもたらしてから、町を巡る戦争と殺戮が絶えなくなった (Il. 24.547-548)」という言い方が示唆する、戦争と殺戮を最終的に神々に帰すことで当事者の責任棚上げが可能となるホメーロスの敬神と、戦争はあくまでも人間自身がその強欲で生み出すものというルクレーティウスの敬神が、人間の自治による黄金時代の維持・錬磨を可能とするためのウェルギリウスの利他の敬神によって止揚されることになる。

　第5に、「愛」が利他の愛（無償の愛）となり強欲を超克する過程に大いなる困難が予期され、あるいはむしろ人間には達成できないのではないかという疑問も生まれるだろう。しかるにその「愛」はそもそも、女神ウェヌスの象徴する「愛（欲）」として異なる二者を結び付けるとき、新

たな人間の存在自体を地上に生み出し慈しむのである。ただ、それが転化して広く愛着となり、さらには道を踏み外して利己的渇愛すなわち「強欲」に堕したとき、人間を神々の「正義」（ユーノーの正義）を恐れぬ「傲慢」な存在にし、自他を滅ぼす死や戦争へと駆り立てる（A. 3.56-57, 4.412）ことになる。そのとき、その傲慢が至高神の血筋と寵愛から生じたものであるならば、世界への打撃は到底看過できないものとなろう。そのような究極の傲慢を正す「正義」を担うのが、まさに「怒れる」女神ユーノーなのであろう。一方、その至高神の血筋と寵愛を受けるのがウェヌスの子、敬神なるアエネーアースである。ローマ人はその血を引くがゆえに、たとえ世界の覇権を確立した後でも、その自惚れと傲慢のあるところ、ユーノーの怒りはその「正義」をなすことになるだろう。

　そのユーノーの「怒り」は大嵐「tempestās」を呼び、「海難」（A. 1.53）と「戦争」（A. 7.223, A. 11.423）によって破壊をもたらす。この「tempestās」はルクレーティウスのいう、万物を創出するべき原初の諸原子の巨大な大嵐「tempestās」（Lucr. 5.436）と同じ言葉である。加えて、ルクレーティウスは、彼の哲学詩の第1巻冒頭部分を、「アエネーアースの子孫の母よ」という呼びかけで始め、女神ウェヌスの権能である結合力としての「愛」を賛美し、もって武神を虜にしてローマに戦争の休止をもたらすように祈願して終わる。

　一方、『イーリアス』ではユーノーの怒りが戦争を推し進め、ウェヌスの愛は脇役である。

　しかるに、『アエネーイス』ではユーノーの巨大な正義の怒りが「tempestās」を生む一方で、あたかもルクレーティウスのウェヌス賛歌のように、猛々しいカルターゴーの女王を「愛（渇愛）」の虜にし、また諸原子の「tempestās」の中で原子の結合が起こるように、ウェヌスの愛の作用が民族の血肉による結合を引き起こす（A. 12.835-836）。

　このように、物語を動かす女神の役割においても、ホメーロスの「破壊」とルクレーティウスの「創造」を止揚する、ウェルギリウスの『破壊』と『創造』」がうかがえる。

では、以上のようなウェルギリウスの弁証法がうかがえる『アエネーイス』において、ユーノーが「カルターゴー」を慈しむことは、どのような意味があるのだろうか。

　ユッピテルの長期ビジョンにおいてカルターゴーは、ホメーロスの相互授受の敬神とルクレーティウスの原子論を、自らの強欲の追及に都合よく取り込んでいるように見える（A. 1.742-746）。本来両立しない両者の根本は追求せず、強欲の追及を是とし、利益との見合いで神事に精を出し、神への恐れを払拭するために原子論を利用する。この種の安易な姿勢は人間がこのような２つの価値観を取り込む際に、陥りがちな典型であろう。カルターゴーは、原初の黄金時代のように強欲に屈していく人間の象徴として描かれているように思える。強欲を利他の敬神（無償の愛）によって超克しようとするウェルギリウスにとって、このような精神文化のカルターゴーの描写と将来の徹底的対峙およびカルターゴーをも含んだ「世界の黄金時代」の到来※の示唆は必須の主題であったと考える。（※トロイアの陥落と残党による「ローマ人」の創出にも似た、カルターゴーの陥落とその残党の「再生ローマ人（内戦克服後のローマ人）」への血肉の統合）

　このとき、正義と怒りを担うユーノーは、「強欲は避け難い人間の業」と信ずる存在とされたのだろう。その信念からは、ユッピテルの血筋と寵愛を受け世界に覇を唱える将来のローマが、業によってやがて強欲に堕すという最悪の未来が予期されたであろう。

　ユーノーは、その最悪の未来に備えてカルターゴーを育成し、ローマが世界に覇を唱える前に、あたかも「毒を以て毒を制する」ように対抗させようとしたのではないだろうか。ユッピテルの血は引かず、しかし労苦を乗り越える黄金への強欲（渇愛）で活力に満ちるテュルス人を選び、彼等との間に相互授受の盟約関係を結び、神威で自身の制御下に置きながら比類のない富国強兵へと彼等の強欲をぎりぎりの所までかきたてる。この場合ユーノーは、首尾よくカルターゴーがローマを破り世界

の覇者となった場合でも、強欲に堕する業を持つ人間たるカルターゴーへは世界の統治を任せられず、あくまでも自身の強力な制御下に置く必要がある。とは言え、最強へ向けて強欲を刺激され、世界の覇者としてその強欲が膨らみ切った人間と相互授受の関係を持つ神が支配する世界は、ユッピテルの目指す「世界の黄金時代」とは全くの対極に位置するものであろう。

　それゆえに、ユーノーによるカルターゴーは、ユッピテルにとってローマが克服すべき最大の試練との位置付けとなる。しかもカルターゴーとの直接対峙のみならず、それを倒してから、さらに過酷で徹底的なそのような精神文化との対峙を義務付けたと考える。すなわち、地中海の覇権を握り豊かになった後のローマの内戦は、ユーノーの神威によってカルターゴーの精神文化がローマ自身に取り込まれた結果であり、骨肉の争いは人間の業との戦いでもあった。最終的なアウグストゥスの勝利による長い内戦の終結は、強欲の精神文化を利他の敬神（無償の愛）が超克したことを意味する。

　この人間の業の克服によって、ユーノーがユッピテルと共に真に「ローマ人（敷衍すれば人間という存在）を慈しむ」時代（A.1.281-282）が始まることになるのだろう。

　ユッピテルにとって、なぜアエネーアースの子孫による人間の業の克服は、必ず達成されるはずのことなのか。

　まず、原点に返っての「人間」のやり直しがある。黄金時代の原点の土地ラティウムがその一角にあり、同時にトロイア人の父祖ダルダヌスが出発した地でもあるイタリアへ立ち返り、サートゥルヌスに血統がさかのぼる王女（かつて人間を生み出した原初からの聖林の神聖さの象徴のように感じられる）と、ユッピテルにさかのぼるアエネーアース（強欲ゆえに滅びた黄金の都の落人であり最良の敬神の英雄）が結婚し両者の民族は混和して新たな民族たるローマ人が形成される。

　次に、2柱の女神が共に「心の深い傷」によって、アエネーアースとそ

の子孫に強く永く結びつけられている。それぞれにユッピテルの仕業である。正義を司るユーノーはトロイア人の不正義ゆえの怒りが、彼等に試練を与え、また逸脱を許さない。愛を司るウェヌスは、不死の神でありながら愛ゆえに死すべき人間（トロイア人）と交わったことが、「アイノス（ひどい苦しみ）」の恥辱と共に我が子アエネーアースをもたらし（Hym. Hom. Aph. 198, 199）、母としての無償の愛と庇護を与える。

　そして最後に、その根本は先に触れた、冥界に赴いたアエネーアースに父が説き聞かせる天地の真理と、そこに浮かび上がる「人間の魂の『原子』が持つ天に発する本来的純潔さ」にあるのだろう。そのとき、ユッピテルの定めを信じることは人間の魂の本質を信じることに他ならず、「ローマの平和」のその先へウェルギリウスのヘクサメテルは人間と神々の息遣いをのせて響くのだろう。

　人間の労苦は、18世紀の産業革命以降、財の量的増大と質的飛躍を可能とし、多くの戦争を伴いながら人間の数と活動量を指数関数的に増やしてきた。しかし、それを支えた事物の因果関係の知見と加工の技が前進するほどに次なる課題はより根本的で困難に、そして関連領域も広く複雑になり、期待される速さと内容では分け合うべきパイを拡大できなくなった。その結果、人間と人間の調和が損なわれ、さらには、この世代を超えた地球規模の活動による負の蓄積が地球の限界を超え、自然と人間の調和も損なわれている。黄金時代へ向けて、この21世紀もまたウェルギリウスの声が沁みる時代ではないだろうか。

　さて、詩人のメッセージに触れるためには、原文が耳で聴きとる建前を持つ叙事詩、言い換えれば、あたかも人間が文字に頼ってから失った、心に内なる神々の声を湧き上がらせる力を韻律の力で再生しようとするかのような、ラテン語ヘクサメテル（長・短短六歩格）である以上、語

意と文法だけではなく、その韻律にも注意を払うことは自然なことであろう。

　用いた方法論の詳細は本文に記載するが、例えば、ヘクサメテルの基本単位である詩脚に注目すると、そこでは長・短短（Dactylus）あるいは長・長（Spondēus）の2つのメトロンが可能であるため、第1脚から第6脚までのD（Dactylus）とS（Spondēus）の配列は多様となり、その理論的類型数は、DまたはSへの可変脚の数Nに応じて2のN乗と計算される（本書ではNを5としている）。

　このとき、1つの詩行のD/S配列には、文意を作る語彙選択の副次的結果である場合の他に、詩人が然るべく意図した場合もあるのではないだろうか。それも、単一行または行群を彩る音響効果の付与だけでなく、たとえ離れていても然るべき複数の詩行が、同一や真逆のD/S配列を有しているとき、そこでは「内容と韻律形式の一致」が意図されており、語義上の明示がなくとも、それらの詩行が、同次元あるいは上位の次元で同一や真逆の文意で強く関連付けられ、そのことによって、より明確で深い文脈が浮かび上がるのではないか。

　D（長・短短）とS（長・長）の、前半の「長」の共通部と後半の「短短」または「長」の差異部を持つ2つのメトロンが、意味を担う語の連なりの背後で躍動しつつヘクサメテルを構成するように、共に人間世界の自治による統治ビジョンを持ちつつもその内容に差異がある2柱の神々、至高神ユッピテルとその妃にして姉のユーノーが、間にウェヌスのユーノーへの敵対を挟みつつ、背後で『アエネーイス』の物語を紡いでいく。

　このとき、ラテン語においてユッピテル（Juppiter）の名がDのメトロンに、ユーノー（Jūnō）の名がSのメトロンに一致し、さらにはウェヌス＊（Venus）の名が「短短」であってユッピテルのメトロンの必須の一部でありながらもユーノーのメトロンには含まれないこと、何より単独ではメトロン（言い換えれば、世界の統治ビジョン）ではないことは、単なる偶然を越えて詩行の韻律に乗せた響きが『アエネーイス』の文脈に深く関連していることの象徴に思える。例えば、主題を告げる全編冒

頭行が「DDSSDS」の韻律を担うとき、それはDのみの「DD」(ある変革の動き)で始まり、その反動のようにSのみの「SS」(旧守の動き)が続き、そして和合するかのように両者を含む「DS」(新たな統合の構築)で終わるのである。(※本来、宇宙開闢時にカオスから生じた3柱の神格の1つ「エロス」の属性(結合原理)を持つウェヌスは、人間世界の統治という狭い枠内に捕らわれない存在なのであろう)

　なお、このことから、本書では「運命」にかかわる「fātum」を「至高神ユッピテルの不動の神意・定め」とし、「fortūna」を「とりわけユーノーの、そしてウェヌスなどの他の神々の神意・定め」とした。

　　作者別作品名略号
　　　ウェルギリウス：A. = Aenēis, E. = Eclogae, G. = Georgica
　　　ホメーロス：Il. = Īlias, Od. = Odyssēa
　　　ルクレーティウス：Lucr. = Lucrētius. Dē Rērum Nātūrā
　　　作者不明：Hym. Hom. Aph. = Hymnoi Homerou, Eis Aphroditen

凡例

1) テクストは「THE LATIN LIBRARY, P. VERGILI MARONIS AENEIDOS LIBER PRIMVS」(posted by Konrad Schroder from J. B. Greenough, *Bucolics, Aeneid, and Georgics of Vergil* [Boston: Ginn & Co., 1900])を用いた。
(http://www.thelatinlibrary.com/vergil/aen1.shtml)

2) 母音の長短は「水谷智洋『羅和辞典』〈改訂版〉、研究社、2009」に準拠した。

3) 和訳においては、「山の学校　ラテン語講習会『アエネーイス』を読む」の講読資料を中心に、「岡道男・高橋宏幸訳「ウェルギリウス『アエネーイス』」、『西洋古典叢書』L007、京都大学学術出版会、2001」や「Parsed Vergil: Completely Scanned-Parsed Vergil's Aeneid Book I with Interlinear and Marginal Translations, Archibald A. Maclardy, Bolchazy-Carducci Publishers, Inc., 2005」などを適宜参照した。

4) 固有名詞はラテン語形を用い、「羅和辞典」〈改訂版〉の母音の長短に準拠してカタカナ表記した。

5) 訳文において、「内容と韻律形式の一致」視点や背景にある作品主題、あるいは神話的背景からの著者の補足は（　）の中に記載し、その外にある訳文は直訳に近いものとした。

6) 和文のホメーロス作品として「松平千秋訳「ホメロス『イリアス』(上)・(下)」、岩波書店、1992」「呉茂一訳「ホメーロス『オデュッセイア』」、『集英社版世界文学全集』1、集英社、1979」を、ルクレーティウス作品として「樋口勝彦訳「『物の本質について』ルクレーティウス著」、岩波書店、1961」を参照した。

7) 必要に応じて、ウェルギリウスおよびホメーロスやルクレーティウスの作品の原文や英訳を「PERSEUS DIGITAL LIBRARY」で参照した。
(https://www.perseus.tufts.edu/hopper/)

8) 神話的背景は「ジャン＝クロード・ベルフィオール『ラルース　ギリシア・ローマ神話大辞典』、訳者代表　金光仁三郎、大修館書店、2020」を主に参照した。

9) その他引用文献・参考文献は当該箇所近傍に記した。

10) 原文の韻律分解において「｜」は脚の区切りであり、赤字（太字）は脚内で優勢なラテン語本来のアクセント母音である。赤字（通常）は、アクセントはないが脚内で優勢な母音である。

「内容と韻律形式の一致」を探る方法論

―ラテン語ヘクサメテルにおける 韻律基本単位の配列類型を韻律形式として―

　ラテン語ヘクサメテルの韻律上の決め事が、結果として、韻律の持つ然るべき音的効果を創作側そして受け手側に意識させ、行間に潜む文意の表現手段として洗練されるに至ったのではないかと考えた。

1.　音的な2種類の効果

　ラテン語ヘクサメテルの韻律上の決め事とは以下の2つのことである。

(1)　1つの詩行を構成する6つの脚において、第5脚の韻律基本単位は、「Dactylus」でなければならない。他の脚では、「Dactylus」を「Spondēus」で代替することができる（2つの選択肢）。

　　注1：Dactylus（D）は3つの音節「長・短・短」の連なりであり、Spondēus（S）は2つの音節「長・長」の連なりである。

　　注2：第1巻全756行の中で、脚数が規定より少ない3行（1.543、1.560、1.636）を除いた753行において、詩人がこの決め事を破った「破格」の行は、1.617の1つのみ。この決め事の遵守率は99.87%である。

(2)　脚において、「ictus（韻律上の「下げ」につく強調：打つこと）」の位置は、最初の長音節に固定されている。一方、脚に含まれる語のラテ

ン語本来のアクセント位置は、創作者によって選択された語詞に応じて、「ictus」位置とは独立に変動する。ここにおいて、第5脚および第6脚では、両者が最初の長音節で「一致」しなければならない。他の脚では、両者が「不一致」でもよい（2つの選択肢）。

注1：ここで、脚中にラテン語本来のアクセントを有する母音が1つだけ存在する場合は、注目すべき有アクセント音節は一義的に定まる（音節の長・短は関与しない）。

　　　機械的に有アクセント音節が決まらない場合は次のように考えた。

　　　まず、脚内に、異なる語に属する2つの有アクセント母音が存在する場合には、第5脚と第6脚の決め事の事例を範にしつつ、存在感の優勢な方を総合的に判断して選んだ。その際に、ヘクサメテルの脚で存在感を優勢にする要因の第1は「最初の長音節であること」だろうと考えた。これはヘクサメテルの「ictus」位置からの類推である。第2は、音節の「長いこと」。第3は、文脈上担う意味の重要性。第4は、近傍あるいは連関する詩行の韻律と合わせた韻律上・意味上の総合的効果。第5は、行全体を通して発話する際の自然さ。これらを総合的に勘案して判断することになるため、その判断には個人や、同じ個人でも文意の解釈の見直し等により変動が生じ得る。

　　　有アクセント音節が存在しない脚内でも、存在感を尺度に優勢な母音を選んだ。語頭音節と語末音節が対峙する場合には、「語頭音節」が優勢。これは、語末母音が、子音を介さずに直接に語頭母音と出会ったときに、省略されるという事象（ēlīsiō）からの類推である。長い語の途中に脚が位置し複数の音節が存在する場合には、位置（その語のアクセント位置から3モーラ以上離れていれば強調が可能）、長さ、近傍あるいは連関詩行との総合効果、発話の自然さの総合判断となる。なお、ここでいう3モーラは「二次アクセント」からの類推である。（二次アクセントの参考文献：ジャクリーヌ・ダンジェル著　遠山一郎・高田大介訳『ラテン語の歴史』, 白水社　文庫クセジュ, 2001, 118-119）

　例えば、第1巻冒頭行「**Arma vi|rmumque ca|nō, Trō|iae quī| prīmus ab| ōrīs**」にて、第1脚から第6脚にかけての両者の「一致」または「不一致」の連なりは次の通り：

　　一致・一致・不一致・不一致・一致・一致。

注2：第1巻全756行の中で、脚数が規定を満たす753行において、詩人がこの決め事を破り「破格」としたのは次の通り。第5脚は10行（1.2、1.13、1.177、1.248、1.380、1.569、1.617、1.640、1.710、1.722）で、この決め事順守率は98.67％。第6脚は6行（1.65、1.105、1.151、1.332、1.448、1.472）で、この決め事順守率は99.20％。

注3：一致をHomodyne、不一致をHeterodyneと呼称する立場もある（W. F. J. Knight, Homodyne in the Fourth Foot of the Vergilian Hexameter, The Classical Quarterly, Vol.25, No.3/4, 1931, 184-194）。

　これら2つの決め事に従う作品が声を発して読み進められるとき、行毎に第1脚から第6脚へと、二者択一で選択された韻律の2つの基本的単位（D/S および一致／不一致）の複合的響きが連なることになる。このとき、行末あるいはその近傍の第5脚、あるいは第5脚および第6脚で遵守される韻律の基本的単位選択の規則性は、やがて、決め事が選択させた基本的単位であれ排除させた基本的単位であれ、韻律の基本的単位そのものが本来持っていた音的効果への感受性をより高める効果を持ったであろう。それは、選択に心をくだく創作側から始まり、然るべき受け手側にも伝わったのではないだろうか。その感受性が創作意欲を刺激し洗練されるにつれて、各行の持つ2つの「選ばれた基本的単位」の配列が、あたかも作曲対象のように意識され、単なる成り行きを脱して、所定の音的効果を設計する段階へ発展したとしても不思議ではないだろう。ウェルギリウスが大いに学んだとされる、ルクレーティウスのラテン語ヘクサメテルの哲学詩『事物の本性について』において、次のような韻律上の技巧（前記の1つ目の決め事に基づくもの）が指摘されており、これはこのような感受性の一端を示すものであろう。すなわち、

「重厚もしくは緩慢な趣を伝えるには長長のリズムを、速やかな動きを表現するにあたっては長短短のリズムを用いた」というものである（藤澤令夫「憂愁の宇宙論詩」、『藤澤令夫 著作集 Ⅰ』、2000、202）。

　さて、ここで２つの決め事の音的効果とは、１つ目の決め事による、例えば最大限に D 的な「DDDDDD」なのか、逆に最大限に S 的な「SSSSDS」なのか、あるいは D と S が混合する一例の「DSDSDS」なのかということを土台として、これに２つ目の決め事による一致／不一致を重ねた効果のことである。例えば、同じ「DSDSDS」でも、下記の２つのような違いが生まれ得る。

「D, 一致」「S, 一致」「D, 一致」「S, 一致」「D, 一致」「S, 一致」
「D, 不一致」「S, 不一致」「D, 不一致」「S, 不一致」「D, 一致」「S, 一致」

　D/S 配列の詳細な音的効果は個々の事例から帰納的に求められるのであろう。ただ、筆者自身の感覚からは、「D：長（２モーラ）・短（１モーラ）・短（１モーラ）」の多用は、全４モーラの時間長のうちで後半部を１モーラずつに刻んでいるがゆえに「短時間に畳みかける、高揚させる、称揚する」等の効果を、一方、それとの対照から「S：長（２モーラ）・長（２モーラ）」の多用は「長時間でゆったりとした、鎮静させる、不気味に沈潜する」等の効果を持つように感じられる。なお、DS 交互に３度繰り返す「DSDSDS」には、受け手の気持ちを押し引きする「揺さぶり」を感じる。

　一方、「一致／不一致」配列の音的効果を推測するには、以下の２つの認識が前提として必要とされる。

　最初に、ウェルギリウスの時代には後世のいわゆる scanning reading が用いられたのか、ラテン語本来のアクセント位置での発声をしていたのかの認識である。

　scanning reading が音読に用いられたとする場合には、ラテン語本来のアクセント位置は常に ictus 位置に一致するよう修正されるために、アクセントが本来有する聴覚音としての直接的物理的効果が消失す

る。ウェルギリウスと同時代の音量の体系であるラテン語を母語とし、その本来のアクセント位置が身に沁みついている受け手なら、scanning reading を聴き取った後に、不一致の場合には「おや？」という違和感として認識されるであろう。つまり、脚毎の「違和感なし」または「違和感あり」の連なりとなる。叙事詩の聴き手にとって、違和感の散らばる詩行の連鎖は詩の朗唱の美を損なうものではないだろうか。あるいは違和感を「緊張感」という肯定的価値で置き換えたとしても、語順が自在に変化するヘクサメテルにおいて、文意の把握のために高い緊張感を維持しているだろう状況において、脚毎になされる「緊張感」の上乗せに耐えうるものであろうか。むしろ音的心地よさや内容の理解を阻害するもののように思える。逆に、音量の体系である古典期ラテン語の本来のアクセント位置が身に沁みついていない受け手の場合には、「違和感なし」または「違和感あり」の認識は消失し、「一致」または「不一致」の配列の音的効果は存在しないことになる。これは例えば、カラー写真を白黒写真に変換して眺めるような状況だと言えないだろうか。

　一方、scanning reading は、例えば英語のように「アクセントの有無で母音の存在感を変える言語」の話者が、「音の長さでも母音の存在感を変える言語」たる古典期ラテン語の叙事詩の韻律を疑似的に体感するための練習方法であり、その体感練習が終了した後の本番では、scanning reading 時のアクセント位置をラテン語本来の位置に戻して発声したという考えがある（Andrew S. Becker, Virginia Tech, *Non oculis sed auribus: the ancient schoolroom and learning to hear the Latin hexameter*, CPL Forum Online 1.1, Fall 2004）。

　このとき、英語話者はアクセントを置かずに母音を長く発声することが困難であるため、scanning reading において各脚で ictus を担う第１音節（２モーラ）の長音節に常にアクセントを置くことは発声を助ける方便とされる。古代ローマでも「音量の体系から音質の体系へと移行するのである……その結果、紀元後３世紀から多くの書記法上の誤りがみられるようになる」とされており（ジャクリーヌ・ダンジェル著　遠

山一郎・高田大介訳『ラテン語の歴史』, 白水社　文庫クセジュ, 2001, 124)、そのような古代ローマ人にとっても scanning reading は韻律疑似体験の良い練習方法となったのではないだろうか。

　さて、本番ではラテン語本来のアクセント位置で発話したのであれば、聴き取られる「一致」または「不一致」は、アクセント音が、4 モーラの音的長さを持つ脚の中で ictus のある前半 2 モーラ部にあるのか、または後半 2 モーラ部にあるのかの位置の違いとなる。つまり「前に」または「後に」である。本書ではこれを「A（Ante）」または「P（Post）」と呼称する。

　ここで、この A/P の音的効果については、Homodyne/Heterodyne の呼称を用いた W. F. J. Knight は先に挙げた論文において、その考察が論文の目的ではないとしつつ、他の因子の影響がない限り Homodyne（本書の A）の多い詩行は「速さ」を、Heterodyne（本書の P）の多い詩行は「遅さ」を特徴とすると指摘している。

　本書では、その効果の推定には、イアンブスとヘクサメテルの比較が手掛かりを与えるだろうと考えた。それは、イアンブスの多様なバリエーションの中で、ヘクサメテルと同様に、各脚が長音節で始まる 6 脚詩が可能だからである（ジャクリーヌ・ダンジェル著　遠山一郎・高田大介訳『ラテン語の歴史』, 白水社　文庫クセジュ, 2001, 120-122）。

　ウェルギリウスに先立つローマの喜劇においてその台詞回しに用いられたのがイアンブスであり、その基本形は「短・長」であって「後」の「長」に、イアンブスにおける ictus、およびラテン語本来のアクセントが共に位置する。バリエーションの中でヘクサメテルのように「長・長」や「長・短短」となっても、イアンブスの世界に身を置いていると認識している受け手にとっては、自ずと ictus は後ろの「長」や「短短」にあると理解され、それを裏付けるようにラテン語本来のアクセントも「後」の「長」や「短短」にくる。ヘクサメテルの視点からはアクセント位置は「P」となる。キケローによると、「喜劇のイアンブス 6 脚詩のリズムは、ほかならぬ日常の会話に類似したもの」とされる（Cicero *Orator*, 67, 184）。

　一方の、文化の先進地ギリシアに学んだ、英雄叙事詩に用いられるヘ

クサメテルでは、脚内の「前」の「長」に ictus があり、併せて第 5 脚・第 6 脚では、ラテン語本来のアクセント位置は「A」であることが決め事となっている。

　なお、受け手は ictus 位置を、ヘクサメテルの形式であれイアンブスの型式であれ、その形式に合わせて各脚の最初の長音節やその後ろの音節として聴き取ったと推測する。それは、信号音の長短だけで通信する現代のモールス信号の聞き取りのように、音量の体系言語の彼等は、アクセント等の音声的強調信号がなくとも、長音節や短音節の推移を聴き取っており、それによって自ずと ictus 位置を識別できたはずだという理解である。

「A」と「P」が持つこのようなリズムとしての背景的違いから、ウェルギリウスと同時代のラテン語を母語とする受け手にとって、「A」の多用は「理を持って気位高く正対する（神聖な・英雄的な）、舶来の」等の、「P」の多用は「情動に訴える・心に直接届く、日常的、俗的、土着的」等のニュアンスを帯びたと考えられないだろうか。いずれにせよ、個別事例の帰納の先にしかその答えはないのであろう。

　ここにおいて、本書では、ヘクサメテルの本質をなす D/S 配列に担われる韻律を「主韻律」、それにニュアンスを添える A/P 配列に担われる韻律を「従韻律」と呼称する。

1 補遺　第1巻における主韻律および従韻律に関わる統計的数値

　以下に全756行中の不完全行の3行を除いた753行における統計的数値を示す。

主韻律の各類型の出現率（高い順）と順位

1	DSSSDS	6.906%	11	SSSSDS	3.586%	22	DDSDDD	1.992%
2	DDSSDS	6.773%	13	SSDSDD	3.453%	24	DSDDDD	1.859%
2	DSSSDD	6.773%	14	DSSDDS	3.054%	25	SDSDDD	1.726%
4	DSDSDD	6.375%	14	SSDSDS	3.054%	26	SSDDDS	1.195%
5	DDSSDD	5.976%	16	SSSSDD	2.789%	27	SSDDDD	1.062%
6	SDSSDD	4.914%	17	DSDDDS	2.656%	28	SSSSDS	0.930%
7	SDSSDS	4.781%	18	DSSDDD	2.523%	29	SDDDDS	0.797%
8	SDDSDS	4.250%	19	SDSSDS	2.390%	29	SDDDDD	0.797%
8	DSDSDS	4.250%	20	SDDSDD	2.258%	31	DDDDDD	0.664%
10	DDDSDD	3.718%	20	SSSDDD	2.258%	32	DDDDDS	0.531%
11	DDDSDS	3.586%	22	DDSDDS	1.992%	33	SSSDSS	0.133%

従韻律の各類型の出現率（高い順）と順位

1	APPPAA	23.240%	9	AAAPAA	2.125%	17	PAAAAA	0.133%
2	PPPPAA	15.538%	10	PPAAAA	1.461%	17	AAPPAP	0.133%
3	AAPPAA	12.483%	11	PPPPPA	0.930%	17	PAPPAA	0.133%
4	APPAAA	11.288%	12	AAAAAA	0.797%	17	APPPAP	0.133%
5	AAPAAA	8.765%	12	APAAAA	0.797%	17	PPPAAP	0.133%
6	PPPAAA	7.437%	14	PAPAAA	0.266%	17	AAPAAP	0.133%
7	PPAPAA	7.039%	14	AAAPAP	0.266%	17	AAPPPA	0.133%
8	APAPAA	6.375%	14	APPPPA	0.266%			

主韻律の各脚のD割合

第1脚	第2脚	第3脚	第4脚	第5脚	第6脚
59.63%	47.14%	40.50%	26.56%	99.87%	49.14%

従韻律の各脚の A 割合

第1脚	第2脚	第3脚	第4脚	第5脚	第6脚
66.93%	25.37%	18.99%	31.21%	98.67%	99.20%

2. 「内容と形式の一致」概念に基づく韻律と文意の連関

　主韻律の D/S 配列や従韻律の A/P 配列が、それなしでも意味は通ずるのだが、一方で伴奏のように彩を添え得ることは、先の藤澤令夫や W. F. J. Knight の指摘があるように、想像に難くはないだろう。しかしそこに止まらず、それらが詩行同士を関係付け、その関係を意識することによって初めて汲み取れる文意もあるのではないかと考えた。それというのも、『アエネーイス』の和訳において、当該部の全ての語を日本語に置き換え文法通りにつないでも詩人の意図の理解に苦しむことが間々あり、文意を補足する手段の必要性を強く感じたためである。

　その際に用いたのが「内容と形式の一致」という概念である。例えば、2 つの詩行の主韻律（形式）と内容の間に、形式が同一・真逆・キアスムスの関係を持てば、内容もそのような関係を持つという「一致」が見られるということである。そのような一致が全ての同一分類の詩行対に見られるだろうという期待ではない。しかし、当該詩行同士の位置関係や語彙・文脈等から、それらがある種の関係を有していても不自然ではない状況において、「内容と韻律形式の一致」を検討することには価値があるという考えである。

　ここで例として、主韻律のキアスムス関係を取り上げる（同一や真逆の関係は直感的に把握され得るだろう）。この関係は、一方の行の第 1 脚が他方の行の第 6 脚と、第 2 脚が第 5 脚と、第 3 脚が第 4 脚と、第 4 脚が第 3 脚と、第 5 脚が第 2 脚と、そして第 6 脚が第 1 脚と同じ基本要素を持つことである。

　さて、次表に示す序歌の冒頭行（起句）の主韻律「DDSSDS」の実際の

出現率は、第1巻全体において 6.773% であり、それとキアスムス関係
にある序歌末尾行（結句）の「SDSSDD」のそれは 4.914% であった。

1.1	Arma vi|rumque ca|nō, Trō|iae quī| prīmus ab| ōrīs		D|D|S|S|D|S	A|A|P|P|A|A
1.33	Tantae| mōlis e|rat Rō|mānam| condere| gentem!		S|D|S|S|D|D	A|A|P|A|A|A

　主韻律が文意とは独立にランダムに発生すると考えれば、第1巻序
歌起句と結句がこの両主韻律で対応する確率は、両者の出現率を掛けた
0.333% であり、この確率の低さから、独立・ランダムの前提は妥当で
はないと思われる。語るための語と語順を選択する際に、ヘクサメテル
の要件を満たすにとどまらず既に述べたように韻律の響き方まで配慮し
ているとすれば、両主韻律が持つキアスムス関係はむしろ詩人の意思で
選択された結果であるように思える。
　「内容と韻律形式の一致」が全詩行にどの程度の密度のネットワークを
形成しているのかは現時点では知る由もないが、ここぞというときに強
い意識が働いたとしても不思議はないであろう。その意味で、第1巻の
みならず全巻の序歌の役割をも担う当該部分の起句と結句は、「内容と
韻律形式の一致」を彫琢するに十分な舞台であると思われる。
　この主韻律のキアスムス関係は、内容面でも、様々な次元において、
キアスムス関係を想起させるのである。まず、両行の内容の直接的対
応において、1.1 の「Arma virumque canō（～を私は歌う）」は 1.33 の
「Tantae mōlis erat Rōmānam condere gentem（～はかくもの大仕事を
要した）」と自然な起結の関係をなす。
　ここで、主韻律が単なる伴奏で終わらないと思えるのは、主韻律が示
唆する内容面の呼応を探る視点によって初めて、1.1 の「canō」の目的語
「Arma virumque」とは「Rōmānam condere gentem」に至る人間ドラ
マだと自覚され得るからである。さらに 1.1 の「prīmus」も、この理解に
立てば、ローマ人の系譜の先頭に立つ者、すなわち「始祖」の意味をも含
意すると認識される。
　次に、この両行は、序歌全体が一種のキアスムス構造をなすことの象

徴のように思われる。すなわち、「1.1 と 1.33」の「A：起・a：結」、「1.2-7
と 1.29-32」の「B・b：ユッピテルの神意下での、ユーノーの怒りによ
るトロイア人の受難」、「1.8-11 と 1.23-28」の「C：ユーノーの怒りの理
由への希求と、c：その理由の提示」、「1.12-18 と 1.19-22」の「D：ユー
ノーのカルターゴーへの期待と、d：その期待は裏切られる運命にある
ことのユーノーの自覚」である。

　そして最後に、『アエネーイス』全巻の背後にある壮大なキアスムスの
示唆である。すなわち、「A：初代至高神サートゥルヌスの隠れ里ラティ
ウムでの原初の人間を直接統治した『黄金時代』建設」→「B：人間界の
強欲と戦争による黄金時代の鉄の時代への堕落」→「C：トロイアの繁
栄と不敬神（神の欺き）」→「D：ギリシア人によるトロイアの破壊と、
強欲と戦争に最適に順応した契約の民カルターゴーの勃興」→「E：人
間界の強欲と戦争を滅絶するための 2 代目至高神ユッピテルの長期ビ
ジョン（その下のアエネーアースの始祖としての労苦）」→「d：ローマ
人によるカルターゴーの破壊と、ギリシアの征服」→「c：ローマの成長
とカルターゴー的不敬神の入り込み」→「b：ローマ内戦」→「a：アウグ
ストゥスによる広い多民族世界での『黄金時代』再建（ユッピテルの長期
ビジョン成就）」という詩人の歴史観・世界観である。

3.　第 6 脚の取り扱い

　本書における、主韻律における第 6 脚の取り扱いと、そこにおける最
終音節の、とりわけ二重子音音節の長短の扱いについて述べる（詳細な
考察は事例を扱う第 4 章の 4.3.1 補遺 (1) および (2) に記す）。

　伝統的には、第 6 脚はその最終音節の長／短によらず、行の終わり
には休止が来るために常に「長長」と見なされる（例えば、逸身喜一郎
『ギリシア・ローマ文学―韻文の系譜―』, 放送大学教育振興会, 2000,
383-384）。それゆえに、作品の D/S 配列や A/P 相当因子（Homodine/

Heterdine）の配列を含む 4 つの音韻的因子をビッグデータとして機械学習させ、詩人を識別しようとする現代の試みも第 1 脚から第 4 脚までを対象とすることになる（Benjamin Nagy, *Metre as a stylometric feature in Latin hexameter poetry*, Digital Scholarship in the Humanities, Volume 36, Issue 4, December 2021, 999-1012）。

　しかし、筆者の聴覚には詩行の最終音節が、本質的に長い母音を持つ長音節で終わる場合（例えば 1.1）と、それが短母音を持つ短音節で終わる場合（例えば 1.33）とでは明確な違いが感じられる。言わば、第 6 脚が「長長」となる場合には余韻が感じられ、「長短」となる場合には言い切りが感じられるのである。なお、ヘクサメテルの第 6 脚が「長短」となる場合は、ダクテュルスの最後の短音節が落ち、そこを同等長さの休止時間で代替したものとされる（中山恒夫『古典ラテン語文典』, 白水社, 2007, 392-393）。すなわち、「長長」や「長短短」と同じ表記をするならば「長短休」となる。

　そこで、詩行の最終音節の母音が短母音である「長短休」の第 6 脚はダクテュルス（D）として、そこの母音が本質的に長い母音である「長長」の第 6 脚はスポンデーウス（S）として扱い、事例にあたったところ、事象をより良く説明できると思われた。例えば、全 6 脚が並ぶことによって詩行の代表性が明確な、先の 1.1 と 1.33 のキアスムス関係は、第 6 脚を常に S として扱っていては認識され得ない。キアスムス関係には、第 6 脚における D と S の識別が必須である。

　同一や真逆の関係でも、第 1 脚から第 4 脚だけで成立する関係よりも、受け手にとって印象深い行末脚も含めて成立する関係の方が、与えるインパクトは大きいだろう。第 1 巻における種々の事例は次章にて示すが、例えば対比が自明な事例として、第 5 巻での船のレースで、ゴール前で白熱する 2 隻を歌う隣接 2 行を次に例示する。5.230 は先行し勝利は近いと思っていた側が追い上げられ、栄誉のためには命と引き換えてもと思う様であり、一方の 5.231 は僥倖もあって最後尾からついに先頭の背中が見えてきた側が、（一漕ぎごとに先頭が近づいて見えるために）

やればできると、益々力が湧いてくる様である。決め事で常にDの第5脚を除いて、第1脚から第4脚のみならず、第6脚も含めて真逆のD/S配列となっている。

| 5.230 | nī tene\|ant, vī\|tamque vo\|lunt prō\| laude pa\|ciscī; | D | S | D | S | D | S | A | P | A | P | A | A |
| 5.231 | hōs suc\|cessus a\|lit: pos\|sunt, quia\| posse vi\|dentur. | S | D | S | D | D | D | A | A | P | P | A | A |

　本書で第6脚のD/Sを識別するのは、現実の聴覚上の別物感のみならず、上記事例のように事象をより浮き彫りにするためである。

　伝統的な「常にS」の解釈と異なる理由の検討は本書の目的とする所ではないが、つぎのようなことは言えないだろうか。

「行の終わりに休止」が来るために短音節が長音節になるという論理には、「短母音の後に1つを超える数の子音」が来るために短音節が長音節となるといういわゆる「位置によって」長くなる長音節の論理との類似性がうかがわれる。この、「位置によって長い」ことが形式論を超えて本質論になれば、行末によって長いこともそれによって考察できるかもしれない。

　まず、「位置によって長い」は聴覚上の素直な認識だと考える。つまり、受け手が一行毎の朗唱に耳を傾け、行末に向けて音が連続的に響いていると認識しているとき、その受け手にとっての「ある母音の長さ」とは、個々の音節が独立に切り出されたときの母音の短い長いという通常の認識ではなく、「ある母音の響き出しから、期待して待っている次の母音の響き出しまで」の時間的長さとして認識されるのではないか。こう考えれば、ある母音の後に子音が2つ以上続いて初めて次の母音が現れるとき、「ある母音の長さ」は物理的に長く、人間の耳に「自然に長く」響いていると言えないだろうか。そうであれば、例えば、ウェルギリウス『牧歌』10.69「Omnia\| vincit A\|mor: et\| nōs cē\|dāmus A\|mōrī」の第3脚における「(A) mor」が、「Amor」と「et」の間の短音節分の休止時間を含めて次母音「e (t)」が始まるまでの時間の長さゆえに長音節と認識されることは自然なことになる。

　ではなぜ、最終脚ではその認識が行われないのか。主韻律の第5脚お

よび従韻律の第5脚・第6脚の韻律上の決め事は、行末を強調する仕組みでもあるが、1行毎の朗唱がこの音節で一旦終わると受け手が認識したとき、受け手はもはや、次の母音の出現を期待して待つことをしなくなる。言い換えれば、個々の音節が独立に切り出されたときの、音節の短長を決める母音の短長、すなわち短母音か長母音・二重母音（本質的に長い母音）かという通常の認識を行うからであろう。したがって、第6脚が「長短休」のダクテュルスと認識されても、敢えて表記すれば「長短｜休」のように朗唱の一旦の終わり「｜」が短と休の間に意識されるために「短」には位置によって長く感じるメカニズムが働かないことになる。

　このことは、行末音節が二重子音の音節であっても同じだとして、本書では扱っている。実際、下記の『アエネーイス』第1巻の第65行と第229行の事例がこれを裏付けると考える。

1.65	'Aeole,| namque ti|bī dī|vom pater| atqu(e) homi|num rex	D	D	S	D	D	D		A	A	P	P	A	P
1.229	adloqui|tur Venus:| 'Ō quī| rēs homi|numque de|umque	D	D	S	D	D	D		P	P	A	A	A	A

　上記両行は共に、ユッピテルが神々と人間の上に立つ支配者だと言っている場面である。「内容と韻律形式の一致」において、主韻律の同一性は内容と共鳴するものである。

　一方の従韻律では、詩人が1.65の第6脚を破格のPとしたことによって、全6脚中5脚が互いに真逆となっている（第5脚は決め事に従っており同一のA）。この従韻律の真逆性は、1.65がアエネーアースらトロイア人を全滅させんとするユーノーの、暴風どもの王アエオルスへの嘆願であるのに対し、1.229はそのなされた攻撃の不当さを非難するウェヌスのユッピテル本人への訴えであるという対照性に一致する。加えて、両行の最終脚の対照性がある。すなわち、1.65では破格によってユッピテルが人間の王であることを強調し、1.229では逆にユッピテルは神々の支配者であることを強調しているという対照性がある。この強調の違いが1.65の、人間の王たるユッピテルに力を授けられたアエオルスが、神々がその滅亡をよしとしたトロイア人の残党を罰するためにその力を振るうことは正当なことだとの示唆と、1.229の、神々を支配

するユッピテルであるのに、なぜ辛うじて脱出した者達へのユーノーの過剰な攻撃を黙認したのかという抗議との、真逆の結論をもたらす。

このように『アエネーイス』全編にわたって、同じユッピテルの神意の異なる側面で、アエネーアースらトロイア人を巡って対立するユーノーとウェヌスの様を象徴するように、全編最初の巻の 1.65 と 1.229 で、韻律も美しく、とりわけ 1.65 では破格を担う「rex」で終わらせた詩人の、詩行の全方位的彫琢を汲み取るには、二重子音の「rex」は「短音節」であることが相応しいと考える。

4. 「内容と韻律形式の一致」の事例とその解釈

まず主韻律において、同一・真逆・キアスムスの関係を認めた典型的事例の中から、それぞれの類型に分けて示す。その際、互いに近接した場所にあるものは、当該詩行間に内容面で連関のあることが自然であり、韻律面でも受け手によるそれらの聴き取りと比較が自然に起こり易いだろうと考えた。すなわち、見出される「内容と韻律形式の一致」が、単なる偶然ではなく詩人の意識的事象である蓋然性が高い場所であろうと推測した。このことから、近接した場所の事例を第 1 に列挙する（近接とは、隣接や、当該行同士の間に第 3 の行を挟んだサンドイッチ構造等を意味）。その土台の上に、第 2 として遠隔の詩行同士の事例を示し、第 3 に、行末の「短母音＋二重子音」が「短音節」であることを示す事例を示す。

最後に、従韻律における「内容と韻律形式の一致」の事例を示す。

4.1 近接位置の主韻律の事例

4.1.1 同一主韻律

⑴ 事例1　同一主韻律によるサンドイッチ構造

1.2	Ītali|am, fā|tō profu|gus, Lā|vīniaque| vēnit	D	S	D	S	D	D	P	P	P	P	P	A
1.3	lītora,| mult(um) il|l(e) et ter|rīs iac|tātus et| altō	D	S	S	S	D	S	A	A	A	P	A	A
1.4	vī supe|rum sae|vae memo|rem Iū|nōnis ob| īram;	D	S	D	S	D	D	P	P	P	P	A	A

　1.2 と 1.4 は、主韻律のみならず従韻律も、1.4 の第 1 脚の発声で「vī」よりも「su (perum)」を優勢にすることによって、可変全 4 脚が同一となる。内容面では、1.2 はアエネーアースに対するユッピテルの順風の神意を、1.4 はユーノーの逆風の神意を担っており、一見対照的に感じられるが、実際のところユッピテルは、試練としてアエネーアースが克服するべきユーノーの逆風（トロイアの破滅「1.2 profugus」と落人行の苦難「1.3 行全体」）を自らの神意に必須の要素として統合しているのであり、この統合された一体性は、韻律の強い同一性と呼応する。

　なお両行の韻律の唯一の違いは従韻律における第 5 脚の破格の有り無しであり、破格を担う 1.2 の地「Lāvīnium」が、1.4 の呼応主体の「Iūnō」にとって、受け入れ難いことの象徴であろう。

⑵ 事例2　4行中の3行に現れる同一主韻律

1.8	Mūsa, mi|hī cau|sās memo|rā, quō| nūmine| laesō,	D	S	D	S	D	S	A	P	P	P	A	A
1.9	quidve do|lens, rē|gīna de|um tot| volvere| cāsūs	D	S	D	S	D	S	A	P	A	P	A	A
1.10	insig|nem pie|tāte vi|rum, tot a|dīre la|bōrēs	S	D	D	D	D	S	P	P	A	P	A	A
1.11	impule|rit. Tan|taen(e) ani|mīs cae|lestibus| īrae?	D	S	D	S	D	S	P	P	A	P	A	A
1.12	Urbs an|tīqua fu|it, Tyri|ī tenu|ēre co|lōnī,	S	D	D	D	D	S	A	A	P	P	A	A

　全巻の序歌部において、ムーサに呼び掛ける 1.8-11 の 4 行からなる段は、3 行目（1.10）に異質な主韻律を配して単調さを避けつつも、「DSDSDS」の主韻律の 3 度の繰り返しで、受け手に押し寄せて来る。それは、その 3 行が担う「なぜ、神々の女王のアエネーアースに対する怒りはかくも大きいのか」という趣旨への繰り返しと一致する。ここで、

「DS」の単位が合計 9 回繰り返される音響効果は、呪術的でもあり、ムーサへの呼び掛けに相応しい。

　加えて、異質な主韻律の 1.10 は内容面でも「比類なき敬神の彼の者がなぜ」という疑念で「不条理」のおぞましさを浮き立たせており、4 行の中の異質さにおいて、「内容と韻律形式の一致」がある。

　さて、この段の最後の言葉が「怒り」であることは、ここで「内容と韻律形式の一致」を彫琢するウェルギリウスに相応しい大きな主題を背後に感じさせる。それというのも、ウェルギリウスは、ホメーロスのヘクサメテルが担う青銅器時代の伝統的敬神の精神文化と、それを正面から否定するルクレーティウスのヘクサメテルが担うヘレニズム時代の原子論の精神文化を止揚し、これからの「世界の黄金時代」を支える新たな精神文化を提起したと考えるからである。

　すなわち、「怒り」は、ホメーロスがムーサに呼び掛ける形で『イーリアス』の語り始めとしていた言葉であった。この怒りは「人間の人間に対する怒り」であり、物語を動かしていく。しかし、その物語世界では、長期ビジョンの定かでない神々が互いにいがみ合い、正しい儀式と贄こそ敬神とする相互授受の関係を人間と結び、慈愛や怒りを持って人間界に介入し、（根本は人間の強欲起因としても）結果的に「人間の人間に対する怒り」を生み出しているように見える。

　一方、この「怒り」を神々に与えたことで人間は自分で自分を不幸にしたとルクレーティウスは説論する（Lucr. 5.1194-1197）。そもそも、神々は不滅で至福である（永遠の過去から永遠の未来へと既に完全で最良の生を営み続けている存在である）がゆえに、何らその存在様式を変える必要はなく、人間や世界に関与するはずがないのであって（Lucr. 5.146-194）、真の敬神とは、神像・祭壇・神殿・犠牲獣での儀式ではなく、（強欲や渇愛を排し神々のように）平静に万事を眺められる心である（Lucr. 5.1198-1203）とする。

　それらを受けて、『アエネーイス』では「神々の心には、比類なき敬神の人間に対しても大きな怒りが宿るのか？（神とは、人間とは、敬神と

は何か）」と序歌で問いかけ、全 12 巻で新たな精神文化を語り起こそうとしているように感じられるのである。

　なお、1.10 の主韻律「SDDDS」は 2 行後（1.12）の次の段の冒頭行として再び現れ、両段の橋渡し役を果たしている。すなわち、受け手は直前の段の主題と相まって、この冒頭行に 1.10 行と同種の危険、いわば「神々がもたらす敬神の者への不条理」の悪い予感を抱くであろうし、実際、1.13 冒頭で「カルターゴー」の名が響くや、ローマ人はユーノーとテュルス人によるアエネーアースへの悪い予感が確信に変わったであろう。

　その成り行きは第 4 巻で語られることになるが、そこではむしろ、ユーノーへの相互授受の敬神に篤いディードーが、ユッピテルへの（無償の）篤い敬神を回復したアエネーアースへの渇愛（アモル神の毒）ゆえに自死に至り、アエネーアースの子孫に対する永遠の憎しみと戦いを遺言するという「神々がもたらす敬神の者への不条理」への、ウェルギリウスの解釈が浮き彫りにされる印象を持つ。

　すなわち、カルターゴーに勝利し地中海の覇権を握って以降の内戦に苦しむ共和制末期のローマや、あるいは貨幣経済がはるかに発達した現代の様にも通じる、相互授受の敬神（ご利益期待）と、それとは真逆に強欲・渇愛を論理的に否定する唯物論の都合の良い所（神罰を畏れる必要なし）だけを勝手に組み合わせて繁栄競争に邁進するディードーとテュルス人に対して、至高神ユッピテルが用意していた運命である。未熟な人間への愛に発する、人間の自治による「世界の黄金時代」に向けた自身の長期ビジョンゆえに、至高神は人間世界に介入する。

⑶　事例3　4行中の3行に現れる同一主韻律

1.46	Ast ego,| quae dī|v(om) incē|dō rē|gīna, Io|visque	D	S	S	S	D	D		A	P	P	P	A	A
1.47	et soror| et con|iunx, ū|nā cum| gente tot| annōs	D	S	S	S	D	S		A	P	P	P	A	A
1.48	bella ge|r(ō)! Et quis|quam nū|men Iū|nōnis a|dōret	D	S	S	S	D	D		A	P	P	P	A	A
1.49	praetere|(ā), aut sup|plex ā|rīs im|pōnet ho|nōrem?'	D	S	S	S	D	D		P	P	P	P	A	A

　この４行から成る段では、２行目を除いて「DSSSDD」の主韻律で統一されている。従韻律も４行目を除いて「APPPAA」が共有されている。それらの違いも、主韻律の第６脚と従韻律の第１脚だけであり、全体的に韻律の同一性が顕著である。内容的にも、神として押しも押されもせぬ立場（ユッピテルの妻たる神々の女王でありユッピテルの姉）の自分なのに、たった一民族との戦いにこんなにも年数がかかっていて、（こんなことで）これから先、誰が自分に神威を求めて然るべき儀式を執り行うというのか、という「ユーノーの怒りを込めた嘆き節」一色であり、「内容と韻律形式の一致」を認める。

　全４行が全く同一でないところに詩人の単調を避けニュアンスを持たせる技巧が感じられる。それというのも、２行目の主韻律の違いを担う最終脚が「annōs：これまでの年月」であるのに対し、従韻律の違いを担う４行目では、冒頭脚の「praetere（ā）：これから先の年月」であって、脚の場所と内容に対照性があり、韻律の違いからそばだった耳の汲み取るべきニュアンスが用意されているからである。

　加えて、第１巻を通して、同一主韻律の連続は最大で３行であったからである。それは事例４に示す1.512-514の「DDDSDS」の１箇所であった。これにおいても従韻律は全く同一ではなく、１行目・２行目の「PPAPAA」に対して３行目が「AAAPAA」と変化をつけている。

　なお、４行からなる段の最初と最後を同一主韻律として囲い、加えてその内部に、もう１行の同一主韻律を配置する構造は、第１巻の中で先の事例の1.8-11とこの1.46-49の２箇所だけである。両段の希少な形態の対応と、彫琢された「内容と韻律形式の一致」が担う強烈な「ユーノーの怒り」の共通性から、両者には深い関係が託されているのだろうと考える。

　1.48-49でユーノーが喪失を恐れる敬神の形は、相互授受の敬神（ホメーロス的敬神）そのものである。もしも1.8-1.11から、ホメーロス的敬神とルクレーティウス的敬神を止揚せんとするウェルギリウスの意図を汲み取ることが妥当だとするならば、その喪失の危機にある敬神の

形がまさにルクレーティウスが否定した形そのものである事を通して、受け手にルクレーティウスの主張を想起させるだろう。すなわち、ユーノーはホメーロス的立場の人間からも、ルクレーティウス的立場の人間からも「敬神喪失」の危機に曝されていることになる。時代設定を超えて、1世紀に及ぶローマ内乱の末期（ウェルギリウスの生きた時代）における、「敬神」の社会的状況を代弁しているように感じられる。

　さらには、そのルクレーティウスのヘクサメテルの序歌が、「アエネーアースの子孫（ローマ人）の母よ」とのウェヌスへの呼び掛けで始まることは、後の『アエネーイス』へのつながりの強さを示唆するものである。そうであれば、その序歌の最後が「愛欲の魅力を軍神に発揮し、海でも陸でも戦争を休止させ、ローマ人に平和をもたらし給え」との趣旨（「ローマ内乱」の休止）のウェヌスへの祈願で終わることは、そのローマの内乱もアエネーアースとウェヌスに「怒り」を持って対峙するユーノーのなせる業だと言えないであろうか。くしくも、その女神の慈しんだカルターゴーをローマが滅亡させ地中海の覇権を握った後に内乱の1世紀は始まっている。1.11の怒りの大きさを示す「Tantae」とは、そこまでの大きさであって、その怒りがユッピテルの長期ビジョン（ローマ人による「世界の黄金時代」）の必須の一部として位置付けられるとき、そこまで大きい「（トロイア人への）怒り」で特徴付けられるユーノーの神格とは何なのか、その主題に光が当たると考える。

　そして、「未来のローマ人が人間も神々も越える敬神の民であり、その敬神をユーノーに向ける（12.838-840）」だろうと（未熟な人間への愛に発し、人間による「世界の黄金時代」への長期ビジョンを持つ至高神）ユッピテルが予言するとき、その「最高度の敬神」とは相互授受ではなく、至高神の長期ビジョンを支える「無償の敬神」（そこにあるのは取引や契約ではなく、ひたすらな信頼と敬愛）なのであろうと考える。「無償の敬神」は「強欲」や「至高神の血筋と寵愛をかさに着る傲慢」を排除する。敬神の中核的道徳律において、ルクレーティウスの唯物論的敬神とウェルギリウスの無償の敬神は「強欲排除」の帰結に至る原理的明晰さが一

致するがゆえに、ウェルギリウスはホメーロスの敬神とルクレーティウスの敬神を止揚したのだと考える。

　正義の守護者としてウェルギリウスに再定義されたであろうユーノーは、「至高神の血筋と寵愛をかさに着る傲慢」は最高度の不敬神・不正義であるとし、「トロイア人（その末裔たるローマ人）の滅亡へ向けた怒り」を神格上の責務から保持しているのであろう。事実、そのような存在が堕す傲慢の、世界への害悪は計り知れないのであり、その傲慢を正すために、ユッピテルが仕掛けたパリスの審判を通して、ユッピテルの長期ビジョンに必須の機能としてユーノーの「怒り」は組み込まれたと考える。それゆえに、ローマ人が無償の敬神の民となり、もはや過去の不敬なトロイア人はその影もなくなるとき、ユーノーはそれまでの責務から解放されることになるのだろう。

　また一方で、トロイア人（その末裔たるローマ人）への外部の敵対勢力あるいは内部の敵対勢力を育む目的で自らを縛ってきた「相互授受の敬神」からも、無償の敬神の実行は相互授受を無用にするがゆえに、ユーノーは解放されることになるだろう。ユッピテルの長期ビジョンとローマ人による無償の敬神の完遂がユーノーのあの永遠の傷を癒すことになると考える。

　それが、配置的には、第 12 巻も終わりに近い箇所での「ユッピテルからユーノーへ」の前記の予言（12.838-840）に対して、キアスムス的に対応する第 1 巻の始まりに近い箇所での「ユッピテルからウェヌスへ」の予言「ユーノーも判断を変えて、世界を支配し、（軍服を脱いで）トガをまとっているローマ人をユッピテルと共に慈しむようになる（1.281-282）」においては明示されなかった「ユーノーが変わる理由」なのだろうと推定する。

⑷　事例4　特殊主韻律の3連続

1.512	dispule|rat peni|tusqu(e) ali|ās ā|vexerat| ōrās.	D	D	D	S	D	S	P	P	A	P	A	A
1.513	Obstipu|it simul| ipse si|mul per|culsus A|chātēs	D	D	D	S	D	S	P	P	A	P	A	A
1.514	laetiti|āque me|tūqu(e); avi|dī con|iungere| dextrās	D	D	D	S	D	S	A	A	A	P	A	A
1.515	ardē|bant; sed| rēs ani|mōs in|cognita| turbat.	S	S	D	S	D	D	P	P	A	P	A	A

　上記1.512-514の3行は、第1巻において同一主韻律が3連続する唯一の事例である。ここでは、眼前に現れた仲間達は嵐で遠隔の海岸に離れ離れになっていた（1.512）はずと、喜びと不可思議への恐れに同時に撃たれて呆然自失するアエネーアースと供のアカーテース（1.513）が、喜びからは手と手を結びたいと熱望する（1.514）ものの、事態の不可思議さから心が乱れる（1.515）ことが語られる。このとき、失われた仲間が眼前にいる事実のもたらす喜びの「感情」とその不可思議を理解できない「理性」との「均衡」が破れて「精神の秩序」が乱れている内容と、それを担う連続3行の主韻律「DDDSDS」とが見事に呼応していると考える。それは、「DDDSDS」が「SSSDDD」の真逆だからである。

「SSSDDD」は、下記に示す『アエネーイス』の主題に直結する重要詩行である事例（1.239）のように、形式面では「S」と「D」の対照的基本単位の配列が前半の「SSS」と後半の「DDD」に2分割されつつも、主韻律の秩序の中にあるという特徴を持つ。

1.239	sōlā|bar, fā|tīs con|trāria| fāta re|pendens;	S	S	S	D	D	D	P	P	P	A	A	A

　左右の天秤皿に載せられたそれらが均衡するようである。

　その内容は、ユッピテルの、トロイア人とウェヌスに有利な神意と不利な神意の均衡であり、その均衡に基づくユッピテルの全体統治の秩序である。敷衍すれば、相反するもの同士の均衡が取れてそれらの統一体の秩序が保たれている様を表すと考えられる。この概念の真逆は、相反するもの同士の均衡が破れて全体の秩序が乱れている様となる。そのニュアンスを「DDDSDS」は持つことになる。

　すなわち、1.512-514の3連続「DDDSDS」では「精神」の対照的要

素である「感情」と「理性」の均衡が破れて「精神」の秩序が乱れている
様を効果的に表現している。

　なお、従韻律は3連続で同一とはなっていない。3番目の1.514だけ、
第1脚と第2脚が「laetitiā（喜びに）」の語に担われて、それまでと逆の
「A」に反転し、喜びに駆られる様を高度に「A」的な響きで効果的に表現
している。

⑸　事例5　2種の同一主韻律対によるキアスムス配置

		S	D	S	S	D	S	P	P	P	A	A	A
1.577	dīmit|t(am) et Liby|ae lust|rār(e) ex|trēma iu|bēbō,	S	D	S	S	D	S	P	P	P	A	A	A
1.578	sī quibus| ēiec|tus sil|vīs aut| urbibus| errat.'	D	S	S	S	D	D	A	P	P	P	A	A
1.579	Hīs ani|m(um) arrec|tī dic|tīs et| fortis A|chātēs	D	S	S	S	D	S	A	P	P	P	A	A
1.580	et pater| Aenē|ās iam|dūd(um) ē|rumpere| nūbem	D	S	S	S	D	D	A	P	P	P	A	A
1.581	ardē|bant. Prior| Aenē|an com|pellat A|chātēs:	S	D	S	S	D	S	P	P	P	P	A	A

　1.577-581の5行は、2種の同一主韻律対の配置において
「A-B-C-B-A」のキアスムス配置となっている。

　ここで、Aは「SDSSDS」、Bは「DSSSDD」、Cは「DSSSDS」である。

　この韻律のキアスムス構造は、下記の上位概念で内容面の構造と一致
する。

　　A：この場に姿の見えない者（アエネーアース）が、その姿を現すた
　　　　めに今後取るべき行動

　　　　1.577：捜索命令（ディードーにとって）

　　　　1.581：敬神と感謝（アエネーアースらにとって）

　　　　（なおアカーテースがウェヌスの正しさを口にすると保護雲は
　　　　消失する［1.582-587］）

　　B：姿の見えない者がいるだろうところ

　　　　1.578：どこかの森や町（ディードーにとって）

　　　　1.580：ウェヌスの保護雲の中（アエネーアースらにとって）

　　C：転換点

　　　　アエネーアースと供のアカーテースはウェヌスの保護雲に隠
　　　　れて、突如現れた行方不明のトロイア人達とカルターゴーの女王

ディードーのやりとり（1.516-1.578）を見聞きしていたが、その過程で懸念が払しょくされて、仲間に会いたい気持ちが高ぶる。

⑹　事例6　連続8行に現れる隣接とサンドイッチの重層構造

1.623	Tempore| i(am) ex il|lō cā|sus mihi| cognitus| urbis	D	S	S	D	D	D	A	A	P	P	A	A
1.624	Trōiā|nae nō|menque tu|um rē|gēsque Pe|lasgī.	S	S	D	S	D	S	P	P	A	P	A	A
1.625	Ips(e) hos|tis Teu|crōs in|signī| laude fe|rēbat,	S	S	S	S	D	D	A	P	P	A	A	A
1.626	sēqu(e) or|t(um) antī|quā Teu|crōr(um) ab| stirpe vo|lēbat.	S	S	S	S	D	D	A	P	P	A	A	A
1.627	Quār(ē) agi|t(e), Ō tec|tīs, iuve|nēs, suc|cēdite| nostrīs.	D	S	D	S	D	S	A	A	P	P	A	A
1.628	Mē quoque| per mul|tōs simi|līs for|tūna la|bōrēs	D	S	D	S	D	S	A	A	P	P	A	A
1.629	iactā|t(am) hāc dē|mum volu|it con|sistere| terrā.	S	S	D	S	D	S	P	P	P	P	A	A
1.630	Nōn ig|nāra ma|lī, mise|rīs suc|currere| discō.'	S	D	D	S	D	S	A	A	P	P	A	A

　4行ずつの2つの段からなる上記8行の主韻律および従韻律の配列構造を模式的に表現すると下記のようになる。従韻律も隣接とサンドイッチの重層構造で主韻律の構造を裏打ちしており強固な韻律構造となっている。

　主韻律：A-B-［C-C］-［D-D］-B-A^opp.、従韻律：a-b-［c-c］-［a-a］-b'-a

　記号の意味は以下の通り。「A^opp.」は「A」の真逆であり、「b'」は「b」の類似である。

　A：「DSSDDD」、B：「SSDSDS」、C：「SSSSDD」、

　D：「DSDSDS」、A^opp.：「SDDSDS」

　a ：「AAPPAA」、b：「PPAPAA」、c：「APPAAA」、b'：「PPPPAA」

この韻律構造に一致する内容構造の推測を以下に記す。

A（1.623）：これまでの、トロイア人の悲劇を高みの見物する立場（海難・戦争を眺めて快を味わうルクレーティウス的達観者、またはその見せ掛け）

B（1.624, 629）：事態の背後でFortūna（運・不運を授ける女神）として力を振るうユーノー

　　与える試練（1.624：トロイア戦争）も、その報奨（1.629：ディー

ドーを、苦難を経て他のテュルス人達と共にカルターゴーへと導き
勃興させた）も大きい。

C（1.625, 626）：今は昔、敵だったテウケルも羨望するトロイア人
とその血筋の栄光（そのテウケルが庇護を求めたのは勢力を誇った
テュルス人ベールス王［1.619-622］）

D（1.627, 628）：（勃興するカルターゴーの女王ディードーに庇護を
求める）あなた方も我らのようにユーノー神殿・王宮の屋根の下（女
神の庇護の下）に入りなさい、ユーノーこそが運・不運を左右する
女神だから、という誘導

　（息子をこんな目に合わせる母神ウェヌスには慈悲も力もない
［1.617-618における、あなたが慈悲深いウェヌスの子か、という
驚きの裏には、この皮肉が込められている］）

A^{opp.}（1.630）：これからの、悲劇のトロイア人に高みから手を差し伸
べる立場（つましく援助を求める者を厚遇するホメーロス的敬神、
またはその見せ掛け）

　ここに現れる論法には、韻律の裏打ちもあって強い説得力がある。8
行の中央に位置する、上記Cのテウケルのエピソードはその主韻律の
行頭からの「SSSS」でじっくりと聞かせつつ最後の2脚ではトロイア
人の自尊心に「DD」で畳みかける。これに続く、館へ誘う段では「DS」
を3回繰り返す主韻律で急かすように揺り動かす。このような流れに乗
せて、さりげなく、滅びたトロイア人の過去の栄光が素晴らしいほどに、
それだけ、同じ苦労から先んじて勃興し庇護する立場となったカルター
ゴーのテュルス人の、今の栄光はもっと素晴らしいと言っている。さら
に、その勃興をもたらしたユーノーこそFortūnaと呼ぶに相応しい、決
してウェヌスではないと示唆する。

4.1.2 真逆主韻律

(1) 事例1 隣接真逆主韻律

1.14	ostia,	dīues o	pum studi	īsqu(e) as	perrima	bellī,		D	D	D	S	D	S		A	A	P	A	A	A
1.15	quam Iū	nō fer	tur ter	rīs magis	omnibus	ūnam		S	S	S	D	D	D		P	P	P	P	A	A
1.32	errā	bant ac	tī fā	tīs mari	(a) omnia	circum.		S	S	S	D	D	D		P	P	P	P	A	A

　1.14 と 1.15 の主韻律の真逆性は、先の「4.1.1 同一主韻律 (4) 事例4」で取り上げた「DDDSDS」と「SSSDDD」に関わるものである。すなわち 1.14 では、「繁栄するカルターゴーが好戦的で荒々しい」ことが、ユッピテルの秩序（繁栄と正義の均衡）の乱れた様を意味するのであり、これに対して、1.15 では、その主・従韻律がユッピテルの神意を担う 1.32 のそれらと同一であることを踏まえると、その直接的内容が「ユーノーは、このカルターゴーを世界のどこよりも唯一つとして（慈しんだものだった）と言われている」との反ユッピテル的内容であっても、依然としてユーノーの目論見はユッピテルの長期ビジョンに必須要素として組み込まれており、その秩序が保たれていることを意味する。実際、やがてユッピテルと共にローマ人を慈しむようになるのがユーノーの運命（1.281-282）なのである。詳細は訳注 [1.12-15, 1.32] を参照。

(2) 事例2 隣接同一主韻律に続く真逆主韻律

1.221	nunc Amy	cī cā	sum gemit	et crū	dēlia	sēcum		D	S	D	S	D	D		A	P	P	A	A	A
1.222	fāta Ly	cī, for	temque Gy	an, for	temque Clo	anthum.		D	S	D	S	D	D		A	P	A	P	A	A
1.223	Et iam	fīnis e	rat, cum	Iuppiter	aethere	summō		S	D	S	D	D	S		A	A	P	A	A	A

　敬神なるアエネーアース（pius Aenēās [1.220]）が失われた仲間達を1人1人思っては己の担うユッピテルの神意の無慈悲なことを呻く段（1.220-222）の終わりの2行と、天界の頂点から下界の様に目を配る（ことを常とする）ユッピテルが、まさにそうしている最中にリビュアの王国に目を固定したと語る段（1.223-226）の初めの1行の主韻律は真逆の関係にある。これは、内容面での、仲間への心配からユッピテルの神意の無慈悲を嘆くアエネーアースと、人間への至高の心配から（1.227）

下界の様子に常に目を配るユッピテルとの対照的な様と一致する。

(3)　事例3　隣接真逆主韻律

1.380	Īta¦li¦am quae¦rō patri¦(am) et genus¦ ab Iove¦ summō.	D	S	D	D	D	S		P	P	P	P	A
1.381	Bis dē¦nīs Phrygi¦um con¦scendī¦ nāvibus¦ aequor,	S	D	S	S	D	D		A	P	P	A	A

　1.380 と 1.381 はそれぞれ、来歴を尋ねた地元娘（母神ウェヌスの変身）に、アエネーアースが父祖の地イタリアを探し求めていると返答する際に、自分の敬神さとユッピテルにさかのぼる血筋を強調する段（1.378-380）の最終行と、そのような行いと血筋の由緒正しさにもかかわらず、母神の導きとユッピテルの神意に従った結果、暴風と荒波に痛めつけられて、出発した 20 艘の艦隊のうちわずか 7 艘しか生き残らなかった（自分が生き残り、罪のない仲間の 65% が失われることの敬神とは何か）と憤る段（1.381-383）の冒頭行であり、両段が担う心情の対照性と両段の境界で接する当該 2 行の主韻律の真逆性が一致する。なお、従韻律も、1.380 のキーワード「Iove」を強調することによって第 5 脚が破格の「P」となり、1.381 の従韻律との対照性が高くなる。

(4)　事例4　隣接特殊真逆主韻律および遠隔行主韻律との真逆対応

4.365	'nec tibi¦ dīva pa¦rens gene¦ris nec¦ Dardanus¦ auctor,	D	D	D	S	D	D		A	A	P	P	A	A
1.589	ōs ume¦rōsque de¦ō simi¦lis; nam¦qu(e) ipsa de¦cōram	D	D	D	S	D	D		A	A	P	P	A	A
1.617	Tūn(e) il¦l(e) Aenē¦ās, quem¦ Dardani¦ō An¦chīsae	S	S	S	D	S	S		A	P	P	P	P	A
1.618	alma Ve¦nus Phrygi¦ī genu¦it Simo¦entis ad¦ undam?	D	D	D	D	D	D		A	P	P	P	A	A

　1.617 と 1.618 はそれぞれが特徴的主韻律を持ちつつ、特殊な真逆の関係にある。第 1 巻全 756 行の中で、1.617 の特殊に最高度に S 的な「SSSDSS」は唯一ここにのみ出現する。1.618 の最高度に D 的な「DDDDDD」も 5 行しか出現しない（1.338, 1.463, 1.618, 1.678, 1.750）。そのように稀な両行が隣接し、特殊に真逆な主韻律関係となって、驚きを表現する疑問文を成している。偶然とは思えない。いかなる詩人の意図があるのであろうか。

ここで 1.617 の特殊性は第 5 脚に集約される。主韻律と従韻律の決め事をそれぞれに破る「S」と「P」であることに加え、語末母音の「ō」が「An」の前でも脱落しない「hiātus」が起こっている。通常の最大限に S 的主韻律は「SSSSDS」であって 6 脚中の可変 5 脚が S となるが、1.617 は同じく 5 脚が S でも残る D の 1 脚は第 4 脚にずれている。このことによって、通常の最大限に S 的主韻律と真逆な最大限に D 的なそれは第 5 脚を D で共有しつつ残る 5 つの脚で逆になるのであるが、この事例では共有は第 4 脚の D にずれて、残る 5 つで逆となっている。

　このような 1.617 の第 5 脚を内容面で代表する語は「An（chīsae）：Anchīsēs の与格」である。すなわちアエネーアースの父アンキーセースの名が、韻律面の重層的破格で最大限に強調されているのであり、内容面でも次のような「最大限の破格」が想起される。すなわち、『ホメーロス風賛歌』中の『アプロディテ頌歌』において、アイネイアスの名前の由来として、死すべき人間とベッドを共にしたがゆえに「アイノス（ひどい苦しみ）」を味わったからと語られている（Hym. Hom. Aph. 198, 199）のであり、それはユッピテルを含む（不死の）神々と死すべき人間とを結びつけて、嘲笑していたウェヌスへの罰であった（同 45-55）。つまり、不死の神々と死すべき人間が交わり子をなすことが、神々にとって嘲笑の対象となる屈辱であり「最大限の破格」の出来事なのである。

　ここから、1.617 と 1.618 の最大限に異質な（S 的 対 D 的）主韻律の真逆性は、内容面での、アエネーアースの父が死すべき人間であること（1.617）と、母が不死の神であること（1.618）の間に横たわる、母神にひどい恥辱と苦しみ（アイノス）を与えるほどの著しい真逆性を担うと考える。

　それゆえに、この両行が担うディードーのアエネーアースへの驚きには、アエネーアースの出自への尊敬の念ではなく、むしろ見下したニュアンスが生ずるが、それは文脈に適合するものであろう。

　すなわち、ウェヌスの保護雲が消失してアエネーアースが突如ディードーの眼前に現れてディードーに語り掛け、そして自分達の窮状と

ディードーの好意への感謝と称賛を縷々語り終えた時（1.588-610）、
ディードーが呆然としたのは初めこそ彼の出現・外観に対して（1.613）
であるが、次の段階では彼の苦難の大きさに対して（1.614）へと変化し、
「女神の子」への質問の形でその原因に焦点を当てている（1.615-616）
からである。

　言い換えれば、「女神の子であるにもかかわらず、女神の救済に与ることもなく、なぜここまで辛酸をなめているのか。慈悲深い母神なら放置しているはずがない」という示唆を発した直後の当該両行なのである。

　加えて、ウェヌスを憎むユーノーの庇護の下、ユーノー神殿に登場したディードーは、山のニンフらと狩猟に励むディアーナのようだと形容され、王国（繁栄し好戦的［1.14］）の未来の仕事に熱心に取り組む（1.498-504）と、その特性が示されている。ディアーナは配偶神を持たず愛欲に無関心な狩猟の女神であり、ウェヌスの対極に位置する。そのようなディードーとその守護神ユーノーの特性からすれば、麗しい容姿を持っていることや、ウェヌスの子であることは、それだけでは価値を持たず、彼女の王国の未来にとっていかなる利益がありうるかが問題となるだろう。

　このウェヌスを否定する価値観を担う両行の代表をアエネーアースの名を担う 1.617 と考えれば、突如出現したアエネーアースがウェヌスの力で神の如き容姿を呈していることを語る 1.589 の主韻律が 1.617 のそれと徹頭徹尾の全 6 脚が逆となっていることは頷けることであり、さらには、この後、ウェヌスの指示でアモル神がアエネーアースへの渇愛を注ぎ込んだディードー（1.720-722, 1.749）が、第 4 巻でアエネーアースに裏切られたと感じて発する言葉「あなたは女神を親とするのでもなく、ダルダヌスを始祖とするのでもない（4.365）」も、1.617 の内容を真っ向から否定するにおいて、その主韻律が 1.589 と同様に全脚で逆である強烈さも「内容と韻律形式の一致」である。

　なお、4.365 と 1.617 の真逆性には 2 つの観点がある。1 つは、アエネーアースの血筋の価値において、無しとする立場の 1.617 と有りとす

る立場の 4.365 との真逆性である。4.365 ではウェヌスの渇愛が作用し、既に血筋の価値を認める立場に変化している（4.11-12）。もう 1 つは、価値の有無とは切り離して、アエネーアースの血筋が母神ウェヌスと父方のダルダヌスまで遡ることを認める立場の 1.617 と、認めない立場の 4.365 との真逆性である（4.366-367 でカウカススの岩山から生まれたと非難）。

　なお、カルターゴーが、伝統的相互授受の敬神とルクレーティウスの原子論の都合の良い所取りで、繁栄をもたらすユーノーを伝統的形式で敬い、かつ原子論からユッピテルを恐れる必要はないと強欲に励む様が、この後のディードーを中心とした宴席で示され（1.697-747）、とりわけ、朗唱者イオーパースの歌にルクレーティウスの原子論の影響が示される（1.742-746）。そのルクレーティウスの原子論『事物の本性について』の冒頭はウェヌスの賛歌となっており、その第 1 行が「Aeneadum genetrix（アエネーアースの子孫達の母よ）」で、第 2 行が「alma Venus（生み出させるウェヌスよ）」で始まることは、1.617 の「Tūn (e) ill (e) Aenēās（あなたがあのアエネーアースか）」と 1.618 の「alma Venus（慈悲深いウェヌス）」がルクレーティウスの詩行を受け手に想起させようと意図したものであると思われる。

　そこには、カルターゴーにおけるルクレーティウスの受容がいかにその真の意味を逸脱し、矮小化しているものであるかを示す狙いが感じられる。すなわち、強欲を否定する原子論を受容して強欲を追求すること自体が根本的な逸脱であるが、1.617-618 においては、ウェヌスの矮小化があるだろう。「alma Venus」とは、ルクレーティウスにおいては、海や大地を生き物で満たしあらゆる生き物を懐妊させる（Lucr. 1.3-5）という意味であって、事物の本性をかじ取りする唯一の存在（Lucr. 1.21）としてウェヌスを賛美しているのに対し、ディードーの言葉では、自らが死すべき人間と恥ずべき交わりをしてアエネーアースを産みっ放しにした「慈悲深いウェヌス」という否定的で皮肉な意味が裏に張り付いているのである。

　ここで、カルターゴーは煩悩に生きる人間一般の象徴であって、内乱に陥ったローマをはじめ、繁栄を求めて強欲を追求する国や民族と言い換えられよう。

⑸　事例５　真逆主韻律によるサンドイッチ構造の組合せ
（1.97⇔1.99, 1.101；1.100⇔1.102　［⇔：真逆］）

1.97	Tȳdī|dē! Mē|n(e) Īlia|cīs oc|cumbere| campīs	S	S	D	S	D	S	P	P	P	P	A	A
1.98	nōn potu|isse, tu|āqu(e) ani|m(am) hanc ef|fundere| dextrā,	D	D	D	S	D	S	A	A	A	A	A	A
1.99	saevus u|b(i) Aeaci|dae tē|lō iacet| Hector, u|b(i) ingens	D	D	S	D	D	D	A	P	P	P	A	A
1.100	Sarpē|dōn, ubi| tot Simo|īs cor|repta sub| undīs	S	D	D	S	D	S	P	P	P	P	A	A
1.101	scūta vi|rum gale|āsqu(e) et| fortia| corpora| volvit?'	D	D	S	D	D	D	A	P	A	A	A	A
1.102	Tālia| iactan|tī strī|dens Aqui|lōne pro|cella	D	S	S	D	D	D	A	P	P	P	A	A

　上記の連続６行は、ユーノーの送り込んだアエオルスの風軍団がアエネーアースの艦隊に全滅の運命を突き付けた時に、アエネーアースが天に訴求した言葉（1.97-101）と、その直後に北風が攻撃を開始した（1.102）様である。アエネーアースは指導者として仲間の皆を率いてさ迷い続けた落人行の果てに、その全員が人知れず大海に沈まねばならないという己の運命に対して、ならばトロイアでディオメーデスに重傷を負わされた時にそのまま死ぬことができなかった（1.97-98）のはなぜか（なぜ母神ウェヌスは重症の自分を救った［Il. 5.297-317］のか）と訴え、祖国トロイアで死ねた者達は自分より３倍も４倍も幸せだ（1.94-96）と嘆く。

　ここにおいて、トロイアで死ねなかった自分の運命が1.97-98であり、1.98は1.97の言い換えであるためその趣旨を1.97が代表すると考えると、1.97の主韻律と真逆の主韻律を持つ1.99と1.101は、1.97と真逆にトロイアで死ねた者達の運命である。1.99はアキッレースの槍に倒されたヘクトルであり、1.101はシモイース川の底を転がる多数の兵士達である。

　この1.97と1.99の間には1.98が、1.99と1.101の間には1.100があるが、これらはそれぞれに次のような「内容と主韻律の一致」を持つ。

1.98 はディオメーデスの右手で魂を肉体から注ぎ出すという趣旨が「DDDSDS」の主韻律で語られており、この主韻律はこれまでも述べたように相異なる要素が統合され秩序が保たれている様を表す「SSSDDD」の真逆であるがゆえに、魂と肉体を統合した人間の生命の均衡が崩れて死を迎える様に相応しい。さらに、従韻律を 1.97 と 1.98 で比較すると最大限に P 的な「PPPPAA」から最大限に A 的な「AAAAAA」の真逆へ急展開しており「トロイアで死ねなかった」ことの 2 行での訴求に劇的な響きをもたらしている。

　1.100 は、シモイース川の「波（undae）」がキーワードであり、そのキーワードで 1.102 と対照的なつながりを形成している。1.100 の背景には、アキッレースが殺戮の限りを尽くして川の流れをトロイア勢の死体でせき止めたことに腹を立て、トロイア勢に味方してアキッレースを川波に飲み込もうとした川の神々の攻撃（Il.21.214-325）があり、一方の 1.102 は、トロイア人を殲滅するために暴風とそれによる海の高波（1.103 fluctūs）で海底に沈めてしまおうとするアエオルス配下の風の神々の攻撃開始である。この波による攻撃対象の真逆性が真逆の主韻律によって担われている。

　さらには、川の神々の上位には水（川と海）を支配するネプトゥーヌスの存在があり、1.100 に関しては、アキッレースの一時救助にアテーナと共に現れ（Il. 21.284-297）、後にトロイアの城壁と土台を転覆させる（A. 2.608-612）立場であるが、1.102 に関しては後に風の神々に対して海を荒らすのは越権行為であるとして嵐の天と海を鎮めアエネーアースらを救助する（1.124-156）立場となる。海神の後の行動も真逆であり、1.102 はその伏線ともなるのだろう。

⑹　事例6　2種の真逆主韻律対および中央行によるキアスムス配置

1.722	iam prī	dem resi	dēs ani	mōs dē	suētaque	corda.	S	D	D	S	D	D	P P P P P A
1.723	Postquam	prīma qui	ēs epu	līs, men	saeque re	mōtae,	S	D	D	S	D	S	A A P P A A
1.724	crātē	rās mag	nōs statu	unt et	vīna co	rōnant.	S	S	D	S	D	D	P P P P A A
1.725	Fit strepi	tus tec	tīs, vō	cemque per	ampla vo	lūtant	D	S	S	D	D	D	A P P A A A
1.726	ātria;	dēpen	dent lych	nī laque	āribus	aureīs	D	S	S	D	D	S	A P P P A A

　上記連続5行の主韻律には、中央の 1.724 の第3脚と第4脚の間を境目として前半の2行半と後半の2行半に対照的な関係がある。すなわち、前半の 1.722 と 1.723 および後半の 1.725 と 1.726 はそれぞれで、違いは第6脚のみと、よく似ており、前半と後半の群を形成している。この2つの群において、1.722 は 1.726 と、また 1.723 は 1.725 と互いに真逆であり、両者の各行が真逆対応するキアスムス関係を構築している。中央の 1.724 にも、その前半3脚「SSD」と後半3脚「SDD」の間には両者の各脚が真逆対応するキアスムス関係がある。

　以上の関係を模式的に示すと以下のようになる。

　A-A'-B-A'$^{\text{opp.}}$-A$^{\text{opp.}}$
　　記号の意味は次の通り。「'」は類似、「$^{\text{opp.}}$」は真逆。
　　A：1.722「SDDSDD」、A'：1.723「SDDSDS」、
　　B：1.724「SSDSDD」、
　　A'$^{\text{opp.}}$：1.725「DSSDDD」、A$^{\text{opp.}}$：1.726「DSSDDS」

　内容面でも、ディードーの「愛」に対する心境の対照的な変化を、前半の群でこれまでの心境を直接に語り、一方、後半の群では現在の心境を宴会の状況に象徴させつつ浮かび上がらせる。すなわち、A（1.722）での愛の「不活発さ、胸の底深くの忘却」に対する A$^{\text{opp.}}$（1.726）でのランプの光の「眩く室内を照らす様」であり、A'（1.723）での馳走攻めの「休止」や食台引き下げによる「何もない状態」に対する A'$^{\text{opp.}}$（1.725）での室内を満たす喚声の「大きく生き生きとした様」である。中央の B（1.724）では、前半の据えられた混酒器の初期状態の「空っぽ」から、後

半の花綱の巻かれた状態が意味するワインの「充満」への転換である。すなわち全体として、ディードーの「愛」を司る心が仮死状態から大きく転換し、生き生きと光り輝きだしたことの示唆となっている。

4.1.3　キアスムス主韻律

(1)　事例1　キアスムス主韻律によるサンドイッチ構造

1.91	praesen|temque vi|rīs in|tentant| omnia| mortem.	S D S S D D	A A P A A A
1.92	Extem|pl(ō) Aenē|ae sol|vuntur| frīgore| membra:	S S S S D D	P P P A A A
1.93	ingemit,| et dupli|cīs ten|dens ad| sīdera| palmās	D D S S D S	A A P P A A

　上記3行において、1.92を挟む1.91と1.93の主韻律にはキアスムスの関係がある。加えて特徴的なことは、1.93の主・従韻律は、全巻冒頭行1.1の主・従韻律「DDSSDS|AAPPAA」の再現であり、そこから1.91は1.1に対しても遠隔のキアスムスの関係を持つことである。

　内容面においても、1.91は全員の死という、トロイア脱出（1.1）の結末の予示であり、1.1の「起」に対する1.91の「結」という起結関係がある。その1.1と1.91の起結関係を受けて、1.1の即刻の死という「結」に対する「再起」として1.93があると考える。

　ここで1.92から1.93への流れは、全巻を締めくくる最後の2行、トゥルヌスの肉体の反応（12.951）から彼の魂の呻きと冥界への飛び去り（12.952）への流れとの間で、用いられる言葉の共通性の高いことに注目したい。すなわち、1.92での「solvuntur frīgore membra（四肢が冷たさでばらばらになる）」は12.951の後半と全く同一であり、続く1.93での「ingemit（彼はうめく）」は12.952での「cum gemitū（うめきと共に）」の類似形なのである。

　それらの数行前からの背景情報を含めて、第12巻末のトゥルヌスの事例と、第1巻物語開始部のアエネーアースの事例との間にキアスムス的対応関係を認め、そこから推定すると、12.951の「魂による肉体の統合作用の喪失」は、アエネーアースの剣を「胸に深く差し込まれた（12.950）」ことによって引き起こされたのであり、一方1.92でのそれ

は（ユッピテルの許可なしには用いられないはずの）群雲とその暗黒・雷光・雷鳴（1.88-90）による、彼の率いる艦隊全員の即刻の「死（の運命）」（1.91）を突き付けられた（1.91 intentant）こと、言い換えれば「胸に深く差し込まれた」ことによって引き起こされたのである。すなわち、トゥルヌスの場合は物理的打撃であるが、アエネーアースの場合は心理的打撃である。単に死ぬことの恐怖でないことはこの後でトロイアで死にたかったと天に訴求する（1.97-1.98）ことからも明らかである。アエネーアースの本質である敬神に大打撃があったと考える。ユッピテルを信じて、トロイアの陥落と妻クレウーサの喪失を受け入れ、責任ある指導者として皆を率いてユッピテルの神意の地イタリアを目指し（既に7年の）漂泊の落人行を続けてきたその結果が、ユッピテルの司る群雲とその暗黒・雷光・雷鳴によって、指導者のみならず艦隊全員の即刻の死であることが示されたのである。ユッピテルへの敬神にとって、魂が消える程の心理的打撃が胸の奥深くに加えられたのだと解釈できる。

「魂による肉体の統合作用の喪失」に続いて、トゥルヌスの場合は、その魂が「呻き」と共に肉体を離れて冥界に向い（12.952）、全巻の終了となるが、一方、これから物語を紡いでいくべきアエネーアースの場合は、その魂が「呻き」と共に復活し、天へ両手を差し（1.93）、縷々訴求していく（1.94-101）ことになる。

　そして、重要なことは、復活し再起したアエネーアースの物語は、それまでのユッピテルへの敬神を保ったままの彼ではなく、それが深く傷ついた彼の苦悩の物語として全巻の前半があるのだと言うことであろう。

　アエネーアースのユッピテルへの敬神が真に復活するのは、艦船の危機に際して天へ両手を差し出した（5.686）ことは 1.93 と同様であるものの、その後の訴求内容が己の死に方の非難ではなく、己の命と引き換えにトロイア人の艦船の火災を消して欲しいとの嘆願になった（5.687-692）時だと考える。それは次表のように、5.686 の主韻律は「DDDSDS」という均衡の破れを象徴する特殊な韻律であり、そしてその同じ主韻律

によって、12.952のトゥルヌスの死は、生命を統合する肉体と魂の均衡の破れとして、魂が肉体を離れて冥界へ飛ぶという言葉で語られるからである。

5.686	auxili|ōque vo|cāre de|ōs et| tendere| palmās:	D|D|D|S|D|S	A|A|A|P|A|A
12.952	vītaque| cum gemi|tū fugit| indig|nāta sub| umbrās.	D|D|D|S|D|S	P|P|P|A|A

　すなわち5.686において、アエネーアースが、（我が子アスカニウスとその輝かしい未来をイタリアへ運ぶべき）トロイア人の艦船を守ろうとして、己の命を捨てていたことを「DDDSDS」の主韻律は響かせているのであり、アエネーアースのユッピテルへの敬神復活の鍵は「無償の愛」であると示唆される。

(2)　事例2　隣接するキアスムス主韻律

1.143	collec|tāsque fu|gat nū|bēs, sō|lemque re|dūcit.	S|D|S|S|D|D	A|A|P|P|A|A
1.144	Cȳmotho|ē simul| et Trī|tōn ad|nixus a|cūtō	D|D|S|S|D|S	P|P|P|P|A|A

　上記2行の主韻律はキアスムスの関係にあるが、その内容においても、1.143の「（ネプトゥーヌスによる）天上からの群雲の追い払いと（地上への）陽光の回復」を「起」として、それを受けて地上においても1.144の「キューモトエーとトリートーンが一緒に（船の救助に）力を尽くす」ことを「結」となす起結関係が認められる。

(3)　事例3　隣接するキアスムス主韻律

1.157	Dēfes|s(ī) Aenea|dae, quae| proxima| lītora,| cursū	S|D|S|D|D|S	P|P|P|A|A|A
1.158	conten|dunt pete|r(e), et Liby|ae ver|tuntur ad| ōrās.	S|D|D|S|D|S	P|P|P|P|A|A

　上記2行の主韻律はキアスムスの関係にあるが、その内容においても、（本来イタリアを目指してシキリアを発った）アエネーアースらが（海難によって）疲労困ぱいし、最寄りの岸辺を求めた（1.157）ことを「起」とし、その結果、（イタリアとは反対方向の）リビュアの海岸へ反転することを「結」とする、起結関係が認められる。

　この場合には、明瞭な「向きの反転」も担っている。すなわち、キアス

ムスという形式の特徴として、一方の行で第1脚から第6脚へたどる
D/S 配列は、他方の行では第6脚から第1脚へ逆にたどることによっ
て再現できるのであり、両者のその関係を矢印で象徴すると「→」と「←」
の関係となる。これは言い方を変えれば矢印の「向きの反転」に他なら
ない。この韻律関係によって、1.158「vertuntur（向きを変える）」が「反
対方向」への、重大な転回の起こったことが強調される。

⑷ 事例4 同一主韻律対に挟まれるキアスムス主韻律

1.488	Sē quoque	principi	bus per	mixt(um) ad	gnōvit A	chīvīs,	D	D	S	S	D	S	A	P	P	A	A	A
1.489	Ē ō	āsqu(e) aci	ēs et	nigrī	Memnonis	arma.	S	D	S	S	D	D	A	A	P	A	A	A
1.490	Dūcit A	māzoni	dum lū	nātīs	agmina	peltīs	D	D	S	S	D	S	A	P	P	A	A	A

　上記3行は、アエネーアースがユーノー神殿で見出したトロイア戦争
の絵画を呆然と凝視している段において、悲劇的場面は前行までで終わ
り、その終盤として自分や援軍の様を語る場面である。

　アマゾンの隊列を率いるペンテシレーアの場面は、その直後に語られ
る若者達を引き連れて今まさにその神殿に近づいているディードーの場
面に推移するがゆえに、両女傑がその近親性を基に二重写しになる。そ
のペンテシレーアの語りの最初の行が 1.490 であり、その主・従韻律は
1.488 と同一である。

　このとき、「Sē（自分を）」で始まる 1.488 の文の主語は、省略されて
いるものの、今まさにディードーが近づいている神殿に先に来ていて、
絵画に描かれた自分を眺めているアエネーアースその人である。このこ
とから、両行が同一の主・従韻律でつながることの意味は、絵画内容（過
去の出来事）を越えて、現実世界のユーノー神殿でまもなく回合するこ
とになる両雄の運命の一体性を示すと考える。そのことは、両行の主韻
律が全編冒頭行 1.1 と同一であることと相まって、アエネーアースの運
命の主要部分を両雄の運命の成り行きが占めることの伏線となる。

　このような 1.488 と 1.490 に挟まれて、しかもそれらとキアスムス
の主韻律を持つ 1.489 の役割は、両雄の運命の一体性を担う前後の2行

を「起」とし、その「結」となるその運命の将来の示唆であると推測する。すなわち、1.489 の中央に位置する「nigrī（肌の黒い）」という形容詞は同時に「死の」を意味するのであり、その形容詞が修飾するメムノーンは後にアキッレースに殺されたのである。このメムノーンの運命を踏まえれば、アエネーアースとディードーの会合の先には「死」の運命が示唆されることになるだろう。

(5)　事例5　隣接するキアスムス主韻律

| 1.500 | hinc at|qu(e) hinc glome|rantur o|rēades;| illa pha|retram | S | D | D | D | D | D | A | A | A | A | A | A |
| 1.501 | fert ume|rō, gradi|ensque de|ās supe|rēminet| omnīs: | D | D | D | D | D | S | A | P | A | P | A | A |

　上記の D 的に畳みかける両行の主韻律は、含まれる唯一の S の位置が行頭と行末に変わることによってキアスムスの関係にある。内容的にも、1.500 は（ディアーナに従うべく）山のニンフ達があちらからこちらからと無数に集まって来る様であり、この「起」を受ける「結」として 1.501 では、そのように集まった大勢のニンフらの誰よりもディアーナは背が高く威風堂々と歩む様（大勢の麗しい従者が形作る、支配者としての大いなる「威厳と栄光」）が語られる。

(6)　事例6　隣接するキアスムス主韻律

| 1.658 | Consili|(a), ut faci|em mū|tātus et| ōra Cu|pīdō | D | D | S | D | D | S | P | P | P | A | A | A |
| 1.659 | prō dul|c(ī) Ascani|ō veni|at, dō|nīsque fu|rentem | S | D | D | S | D | D | A | P | P | P | A | A |

　上記2行は、アエネーアースとアスカニウスを守るためのクピードー（アモル神）を使ったウェヌスの策略の一部である。両行の主韻律はキアスムスの関係にあるが、内容的にも、1.658 のクピードーが変身してアスカニウスになることを「起」として、それを受ける「結」の 1.659 では、愛らしいアスカニウスの代わりに（女王の宴会場へ）やって来ると語られる。言わば、神クピードーとして神々の座を出発し、人間アスカニウスとして宴会場に到着するという起結である。

4.1.4　要素真逆のキアスムス主韻律

⑴　事例1　隣接する要素真逆のキアスムス主韻律

1.74	omnīs| ut tē|cum meri|tīs prō| tālibus| annōs	S	S	D	S	D	S	A	P	P	P	A	A
1.75	exigat,| et pul|chrā faci|at tē| prōle pa|rentem.'	D	S	D	S	D	D	A	P	P	P	A	A

　上記2行の主韻律は、要素真逆のキアスムス関係にある。すなわち、「一方」の通常のキアスムス関係から得られる主韻律において、その各脚のD/Sを真逆に変えると「他方」の主韻律が得られる。この事例では、1.74「SSDSDS」の通常のキアスムス関係の主韻律は「SDSDSS」となるが、これの各脚のD/Sを真逆に変えると「DSDSDD」となり1.75の主韻律となる。

　内容的にも、1.74を「起」として、その内容の中心的要素を真逆に変えると「結」としての1.75となる。すなわち、1.74の中心的要素である「meritīs prō tālibus（これほどの功労の報賞に）」の具体的功労とは1.69-70で語られた「風の力で船を沈め、やつら（の船）を追い散らし、（死）体を大海にまき散らす」という（トロイア人落人全員）の凄惨な死（血族の断絶）である。一方、1.75の中心的要素は「pulchrā prōle（美しい子孫）」という新たな生命のそして血族の誕生である。1.74の（憎むべき）血族の抹殺という「起」に対して、1.75の新たな血族の誕生という真逆の「結」が対応する。

⑵　事例2　隣接する要素真逆のキアスムス主韻律

1.117	torquet a|gens cir|c(um), et rapi|dus vorat| aequore| vortex.	D	S	D	D	D	D	A	P	P	P	A	A
1.118	Adpā|rent rā|rī nan|tēs in| gurgite| vastō,	S	S	S	S	D	S	P	P	P	P	A	A

　上記2行の主韻律は、要素真逆のキアスムス関係にあり、内容的にも、1.117を「起」として、その内容の諸要素をそれぞれ真逆に変えると「結」としての1.118となる。すなわち、1.117では、「オロンテースとリュキア人らが1隻の艦船（1.113）という秩序のある限定空間（大海に比してごく狭い空間）におり、その船を大波が（大海の）同じ所で3度（1.116）錐揉みしてから、（狭く深い）急速な海の渦が飲み込んだ」のであり、そ

れを「起」として行き着いた結末が 1.118 の「（船を飲み込んだ海が一部の残骸を海上へ吐き出し）広く浅いゆったりと動く渦の中に疎らにばらけた人の体や物が浮遊している状態」である。「（海上から海中へ）飲み込み→（海中から海上へ）吐き出し」、「（狭く深い）急速な渦→広くて（浅いゆったりと動く）渦」、「船の中の限定空間に秩序を持って多数生存・存在した人や物→広大な渦の中で無秩序に疎らに少数浮遊する人の体や物」という要素が真逆となっている起結関係が認められる。

　なお、ここでは個々の主韻律の特徴も興味深い。1.117 の高度に D 的で畳みかけるような主韻律は渦の形態として錐揉みのように「狭く深く急速な」様を表現し、一方の 1.118 の最大限に S 的でゆったりとした主韻律は渦の形態として、今度は逆に、「広く浅いゆったりと動く」様を効果的に表現している。

⑶　事例 3　隣接する要素真逆のキアスムス主韻律

					S	S	D	D	D	D		A	P	P	P	A	A	
1.254	**Ollī**	subrī|dens homi|num sator| atque de|ōrum,	S	S	D	D	D	D		A	P	P	P	A	A	
1.255	voltū,	quō cae	lum tem	pestā	tēsque se	rēnat,	S	S	S	S	D	D		A	P	P	P	A	A	A

　上記 2 行の主韻律は、要素真逆のキアスムス関係にあり、内容的にも、1.254 を「起」として、文脈から自然に想定される「結」を真逆に変えると 1.255 の「結」が得られる。

　1.254 はユッピテルが、1.229 から 1.253 までのウェヌスの涙ながらの抗議（未来が約束されているはずの敬神なアエネーアースへのユーノーのうち続く攻撃の不条理）へ返答する段の冒頭行である。

　そのユッピテルの属性として、ウェヌスは 1.229 で「人間と神々の世界を永遠の統治で支配する方よ」と呼び掛けていた。一方 1.254 では「人間と神々の創始者」と表現されるが、これらの内容は絶対者の描写として類似の内容であろう。この絶対者の「起」に対する「結」として、ウェヌスは 1.230 で「雷で威圧する方よ」と続けたのであるが、1.255 では「嵐の天を晴朗にする」と真逆の描写がなされる。絶対者ユッピテルの権能として、文脈から自然に想定される「雷の恐怖で世界を支配する」が、真

逆の「天から雷の恐怖を除き世界を晴朗にする」に変化している。

なお、「神の怒りたる雷の恐怖での人間の支配」というユッピテルの権能はルクレーティウスが人間の迷信と激しく批判するところ（Lucr. 5.1194-1197, 5.1218-1225, 6.379-422 等）であり、また心から恐怖を除き「serēnō（晴朗にする）」ことはルクレーティウスの主張する精神の有り様の真髄である（Lucr. 2.7-19, 5.1203 等）ことから、この箇所にはウェルギリウスとルクレーティウスの対話が感じられると共に、ウェルギリウスはここでユッピテルの権能の本質を再定義していると考える。

4.2　遠隔位置の主韻律の事例

たとえ位置は巻を越えて離れていても、過去と現在と未来の出来事の間に深い連関がある場合や、一つの対象物をより総合的にとらえる幾つかの視点同士の場合など、「内容と韻律形式の一致」を期待できる場合が存在するだろうと考えた。

4.2.1　同一主韻律

(1)　事例 1　類似場面の同一主韻律

1.679	dōna fe|rens, pela|g(ō) et flam|mīs res|tantia| Trōiae:	D	D	S	S	D	S	A	P	P	A	A
7.244	mūnera,| rēliqui|ās Trō|i(ā) ex ar|dente re|ceptās.	D	D	S	S	D	S	A	P	P	A	A
1.1	Arma vi|rumque ca|nō, Trō|iae quī| prīmus ab| ōrīs	D	D	S	S	D	S	A	A	P	P	A	A

1.679 と 7.244 は上陸地の支配者へトロイアの（宝物の）贈り物として、「大波とトロイアの火災を生き延びた（1.679）」もの、あるいは「炎上するトロイアから救い出して残っている（7.244）」ものの提供に関わる場面である。前者は、アスカニウスがカルターゴー（最寄避難先→引き留めの罠の地）のディードーへ運んでいる途上の状況をウェヌスがアモルに説明する言葉であり、後者はイーリオネウスがラティウム（真の目的地）のラティーヌスへ直接語り掛ける言葉である。後の類似の行為が過去のそれと同一の主韻律を共有することで、前の行為に関心を向け

それらを比較するように心を導くのではないだろうか。

　なお、これら2行の主韻律が全編冒頭行 1.1 と同一であることは、1.1 の「トロイアの岸を離れて」が当該2行の贈り物の背景と一致することのみならず、贈り物の苦難の来歴を語ることはそれを運んで来たアエネーアースの苦難の来歴を語ることに他ならず、それはまさに『アエネーイス』の主題を担う 1.1 の主韻律に相応しいと考える。

⑵　事例2　同一人物（アエネーアース）を巡る愛憎をつなぐ 同一主韻律

1.49	praetere|(ā) aut sup|plex ā|rīs im|pōnet ho|nōrem?'	D	S	S	S	D	D	P	P	P	P	A	A
1.389	Perge mo|d(o,) atqu(e) hinc| tē rē|gīn(ae) ad| līmina| perfer,	D	S	S	S	D	D	A	A	A	A	A	A
1.410	Tālibus| incū|sat, gres|sumqu(e) ad| moenia| tendit:	D	S	S	S	D	D	A	P	P	A	A	A
1.676	Quā face|r(e) id pos|sīs, nos|tram nunc| accipe| mentem.	D	S	S	S	D	D	A	P	P	P	A	A

　1.49：アエネーアースへのユーノーの根深い敵意と危機感。なお、「4.1.1 同一主韻律 ⑶ 事例3」で述べたように 1.46-49 の4行中3行が同一主韻律であり、強烈な印象を醸し出している。また最大限に P 的な従韻律が「陰」にこもって内容と呼応する。「（こんなことで）これから先、（誰が）ひざまずいて供物を祭壇に捧げるだろうか」

　1.389：我が子アエネーアースを敵地に送り出すにあたっての、ウェヌスの固い決意（必ず守る）。最大限に A 的で「陽」な従韻律が 1.49 の「陰」に対抗する。「さあ進みなさい。ここから女王の館の戸口を目指して行きなさい」

　1.410：アエネーアースの母神ウェヌスへの不信感。ウェヌスの指示に従うものの、その情愛に疑念が差している。「このように非難して、城市へと足を向ける」

　1.676：我が子アエネーアースをユーノーから守るためのウェヌスの最強の策略。「どうすればそれができるか、さあ、私の考えを受け取るのだ」

　これらは全て、主人公アエネーアースという同一人物を巡る敵・味方・

本人の愛憎にまつわる内容であり、同一主韻律を担うことを通して、愛憎の多面的側面を持つ「一つの物語」に焦点が当たると考える。

⑶　事例3　同一事象の類似の切り口をつなぐ同一の主韻律
　　　　　　　（および従韻律）

1.8	Mūsa, mi|hī cau|sās memo|rā, quō| nūmine| laesō,	D	S	D	S	D	S	A	P	P	P	A	A
1.668	lītora| iactē|tur odi|īs Iū|nōnis i|nīquae,	D	S	D	S	D	S	A	P	P	P	A	A

　1.8 は、全巻の序歌においてなぜユーノーは敬神なるアエネーアースに受難を繰り返させるのかと 4 行中 3 行を「DSDSDS」の主韻律に乗せて、詩人がムーサに縷々聞きつのる場面の最初の行である。

　一方 1.668 は、アエネーアースの母神ウェヌスがアエネーアースの兄弟神アモルに、アエネーアースが不公正なユーノーの憎しみのために（あらゆる）岸辺を振り回されていることを、思い起こさせる場面である。それは、ユーノーのアエネーアースへの更なる攻撃を予期し、それに対抗するため最強のアモル神に策を授けるためであった。この行が「DSDSDS」の主韻律のみならず、従韻律の「APPPAA」をも 1.8 と共有することによって、1.8-1.11 のユーノーのアエネーアースに対するおどろおどろしさが 1.668 に乗り移るような迫力が感じられる。

⑷　事例4　全巻の中の呼応エピソードにおける同一主韻律

1.92	Extem|pl(ō) Aenē|ae sol|vuntur| frīgore| membra:	S	S	S	S	D	D	P	P	P	A	A	A
12.950	hoc dī|cens fer|r(um) adver|sō sub| pectore| condit	S	S	S	S	D	D	A	P	P	P	A	A

1.98	nōn potu|isse, tu|āqu(e) ani|m(am) hanc ef|fundere| dextrā,	D	D	D	S	D	S	A	A	A	A	A	A
12.952	vītaque| cum gemi|tū fugit| indig|nāta sub| umbrās.	D	D	D	S	D	S	P	P	P	A	A	A

　上記事例は、先に「4.1.3 キアスムス主韻律 ⑴ 事例 1」でその一端に触れているが、ここでは 2 種の同一主韻律の連携事例として取り上げる。最終の第 12 巻を締めくくるトゥルヌスの死が第 1 巻のアエネーアースの「死」に逆照射している印象を持つ。

　すなわち、「SSSSDD」→「DDDSDS」という主韻律の流れが、トゥ

ルヌスの場合には 12.950「致命傷：剣を胸深くに差し込む」→ 12.952「死：魂が憤慨しつつ冥界へ去る」という、人間の死の因果関係となる。

　同様にアエネーアースの場合にも、1.92「魂の中核（敬神）への致命傷：アエネーアースの四肢が冷たさでばらばらになる（アエネーアースの四肢を統合する魂の中核をなす敬神への致命傷）」→ 1.98「神の救済の否定、すなわち神の否定であり敬神の死：（あの時、なぜ私は）お前の右手（の剣）でこの魂を（体の外へ）注ぎ出すことができなかったのか！（ウェヌスによる救助が無ければそうなっていた）」という、敬神の死の因果関係となる。

　なお、2つの場合には違いもあり、トゥルヌスは死にたくなかったのに対して、アエネーアースは（今こんな形で死ぬのなら、トロイア戦争で英雄として）死んでおきたかったのである。それが、1.98 の最大限にA的で英雄的「陽」に響く従韻律と、12.952 の可変4脚中3脚がPで「陰」にこもる従韻律の違いに現れていると推測する。

⑸　事例5　全体統括者にとっての個別間の均衡を示す同一の主韻律（および従韻律）

1.239	sōlā|bar, fā|tīs con|trāria| fāta re|pendens;	S	S	S	D	D	P	P	P	A	A
1.675	sed mag|n(ō) Aenē|ae mē|cum tene|ātur a|mōre.	S	S	S	D	D	P	P	P	A	A
2.777	ō dul|cis con|iunx? nōn| haec sine| nūmine| dīvum	S	S	S	D	D	P	P	P	A	A
6.474	respon|det cū|rīs ae|quatque Sy|chaeus a|mōrem.	S	S	S	D	D	P	P	P	A	A

　上記主韻律「SSSDDD」は対立する要因が均衡する様を象徴する。ウェヌスのユッピテルへの訴求の一部をなす 1.239 はその典型であり、（アエネーアースとトロイア人の輝かしい未来という）ユッピテルの神意と、それに反するユッピテルの神意の均衡という内容と呼応している。その呼応は、上記事例行のいずれにおいても前半の「PPP」と後半の「AAA」に分離し対峙しつつ均衡する従韻律によって補強されている。

　この特徴的主韻律によって、1.675、2.777 および 6.474 のいずれも、其々の中での均衡が第一義的に存在する。

　1.675：自らをアエネーアースへ縛り付ける愛のその大きさにおいて、ディードーとウェヌスのそれの均衡

　2.777：このこと（悲劇）と神々の神意の均衡。すなわち、トロイアが滅亡し、アエネーアースは狂乱の中で探し求めた最愛の妻クレウーサとそこで死に分かれる（2.771-2.773）ことと、今後、クレウーサはウェヌスの息子の嫁として大地母神の下で保護され（2.787-788）、一方アエネーアースは労苦の末にヘスペリアの地で富める王国の統治とそこの王女との婚姻を得る（2.781-784）ことの均衡

　6.474：冥界でのディードーの（アエネーアースとの愛にまつわる）苦悩と、（先にその富を狙って惨殺されていた夫）シュカエウスが（冥界で彼女に注ぐ）愛の均衡

　以上の 3 行は全て「愛」にまつわる均衡であり、それはウェヌスの権能である。ウェヌスがあらゆる「愛」を司るにおいて、それら個々の「愛」の間にはウェヌスが然るべきと考えた均衡があるのではないだろうか。

　すなわち、2.777 にまつわって、クレウーサがウェヌスの息子の嫁として大地母神の下で保護されるということは、ウェヌスにとっては、我が子の再婚相手は至高神ユッピテルの定めるラティウムのラーウィーニア以外にあり得ないことを意味する。したがって、1.675 でのディードーに対する愛の策略は、その愛ゆえに身を滅ぼし、やがて冥界のミルテの森（ウェヌスの聖木）へ行くという運命を織り込み済みのことになる。ウェヌスにとっては、ユーノーのトロイア人滅亡を図る制裁とユッピテルの神意のために死ななければならなかった「利他の愛（2.776-789）」のクレウーサの運命は、ユーノーへの対抗策としてディードーを死に至る「利己の愛（4.305-330）」に追い込むことによって、然るべく均衡することになるのであろう。

　加えて、6.474 において、生前ディードーが深い愛で包んだ夫のシュカエウス（1.343-344）が、ミルテの森にディードーと供におり、彼女のアエネーアースゆえの苦悩に匹敵する愛を注ぐという図式には、愛す

る者達の生前の悲劇とその死後への、ウェヌスの配慮と均衡が感じられる。

(6)　事例6　破滅へと導く傲慢なほどの王者の贅沢

1.639	arte la|bōrā|tae ves|tēs os|trōque su|perbō,	D	S	S	S	D	S	A	P	P	P	A	A
1.697	Cum venit,| aulae|īs iam| sē rē|gīna su|perbīs	D	S	S	S	D	S	A	P	P	A	A	A
1.699	Iam pater| Aenē|ās et| iam Trō|iāna iu|ventūs	D	S	S	S	D	S	A	P	P	A	A	A
1.712	Praecipu|(ē) infē|lix, pes|tī dē|vōta fu|tūrae,	D	S	S	S	D	S	P	P	P	P	A	A

　上記4行は、アエネーアースらを歓迎する宴席での女王ディードーの様である。1.699 は直接的にはアエネーアースらのことであるが、先に女王自身が席についた（1.697-698）後で客人が着席するように差配したのであるから、傲慢な主人の客人もてなしの様を示すと考えればディードーの様に等しい。

　1.639 と 1.697 には「superbus（傲慢な）」という語が共通し、1.712 では不幸なディードーが未来の「pestis（死、破滅）」に身を捧げていると、その運命が予告される。ここに王者が傲慢ゆえに神の怒りを買い死に至るという流れがうかがえる。

　アイスキュロスの「アガメムノーン」において、復讐のため夫を亡き者にしようと謀る妻の方法は、死すべき定めの人間がそれを行えば分を弁えぬ傲慢として神々に死をもたらされる行為を夫にさせることであった。それが、貝紫で染めた敷物の上を歩むことである。このことは、ディードーの王宮での様を語る 1.639 の3語「vestē（敷物）」「ostrum（貝紫）」「superbus（傲慢な）」に一致する。

　なお、1.699 でアエネーアースらのディードーの差配に従う様は、1.697 のディードーの様と主韻律だけでなく従韻律も一致することから、敬神に打撃を受けているアエネーアースが、カルターゴーのディードーの精神文化にまさに取り込まれようとしている危機をも表現しているように感じられる。

4.2.2 真逆主韻律

(1) 事例 1　対照的場面の真逆主韻律

1.1	Arma vi|rumque ca|nō, Trō|iae quī| prīmus ab| ōrīs	D D S S D S	A A P P A A
1.703	Quīnquā|gint(ā) in|tus famu|lae, quibus| ordine| longam	S S D D D D	A A P P A A

　1.703 は「奥には、50 人もの女奴隷の召使がいる。整然と配置につく彼女等の仕事は、長時間にわたる（食事を作り備えておくこと）」という内容を持ち、1.1 に対して真逆の主韻律を持つ。宴席の裏方の情景が全編冒頭行ほどの重要性を持つとは一見想像し難い。

　しかし、長い労苦の末にユッピテルの定める真の目的地に上陸した場合には、さらにそこで、「食台にかじりつき噛み砕くほどの飢餓」というハルピュイアの呪いを克服する必要がある（3.250-257）。この呪いは、激しい嵐に 3 日間翻弄されたアエネーアースらがようやくストロパデスの群島に着き、そこで番人なしに自由放牧されていた牛を殺して豪華な宴を張ったこと、そして宴の途中で襲ってきた鳥の怪物ハルピュイアと戦ったことが、ハルピュイアの視点からは、財産を略奪し罪のない自分達を父祖の地から戦争で追い出そうとする侵略者の行為であるがゆえに、トロイア人への罰としてユッピテルが是としたものである（3.192-252）。これは、自分達が苦労を重ねた犠牲者であり、一方、先住者が忌まわしい怪物であったとしても、それでも、新天地イタリアに上陸した後、その者らを戦争で追い出す侵略者になってはならないというユッピテルの戒めとして、『アエネーイス』の主題上重要な意味を持つと考える。

　これを踏まえれば、カルターゴーに漂着する前に激しい嵐に襲われ、ユッピテルへの敬神に深い傷を受けたアエネーアースが、あくまでも長く険しいユッピテルの道を求めるのか、もはやその道を放棄してユーノーとディードーのカルターゴーに身を沈めるのか、言い換えれば、「飢餓」の無い宴席が開かれる上陸地はあくまでも経由地に過ぎないことをアエネーアースらは知っている中で、豪華な宴席の準備を見ることはユッピテルへの敬神が試されることに他ならない。ユーノーにとっては、「飢餓」の対極の「飽食」によって積極的にアエネーアースらを引き

留めることが理にかなうのであり、「飢餓」の待つイタリアを指すユッピテルと、「飽食」の今のカルターゴーを指すユーノーとの「戦争」が、アエネーアースらの宴席を舞台に繰り広げられる。

　1.703 のこのような含意が「ordō（列、戦列、百人隊）」の語にあたかも戦争の隊列のニュアンスを与え、それが 1.1「Arma（戦争）」と呼応する。1.1 の「戦争」は直接的にはトロイア戦争や後のラティウムでの戦争のように文字通りの物理的・肉体的な戦争であるが、一方の 1.703 は宴席における「飢餓」と「飽食」の精神的な価値の戦争であって、その対照性が真逆の主韻律によって表現されていると考える。構成要素の対照性としては、「ordō（列）」の兵士（男）ならぬ女召使（調理人）、「arma（道具）」の武具ならぬ調理道具（cf. 1.177 Creālia arma）が挙げられよう。

⑵　事例2　同一事象の異なる側面の対照性を強調する真逆主韻律

		S	D	S	S	D	S	A	A	P	A	A	A
1.29	Hīs ac|censa su|per, iac|tātōs| aequore| tōtō												
1.667	Frāter ut| Aenē|ās pela|gō tuus| omnia| circum	D	S	D	D	D	D	A	P	P	P	A	A

　1.29 は加害者ユーノーの心理と行動（トロイア人の許し難さの振り返りで、さらに火が付き、海上の諸所で振り回した）であり、一方の 1.667 は被害者アエネーアースの惨状（アエネーアースが大海で諸所を巡る）であり、ウェヌスによる彼の兄弟神への説明である。同じ惨状でも加害者の暴力としての語りと被害者の受難としての語りの対照性が真逆の主韻律で表現されていると考える。

　なお、例えば「4.2.1 同一主韻律 ⑵ 事例2 同一人物（アエネーアース）を巡る愛憎をつなぐ同一主韻律」のような場合でも、愛と憎の対照性が前面に出るときには、同一主韻律で愛憎の多面的側面を持つ「1つの物語」を表現するよりは、むしろ真逆の主韻律でその「対照性」を際立たせることになるのであろう。

⑶ 事例 3 類似事象の対照性を強調する真逆主韻律

		S	D	D	D	D		A	A	P	A	A	A
1.77	explō|rāre la|bor; mihi| iussa ca|pessere| fās est.	S	D	D	D	D		A	A	P	A	A	A
1.690	exuit,| et gres|sū gau|dens in|cēdit I|ūlī.	D	S	S	S	D	S	A	P	P	P	A	A

　上記の真逆の主韻律を持つ 2 行は、オリュンプスの女神が下位の神に嘆願の形で下した、ある種の不正義を含む命令を、その下位神が実行に移す対照的な様子である。

　1.77：ユーノーは、かつて目をかけた風どもの管理者アエオルスに、風どもによるアエネーアースらの皆殺しを命令した（1.69-70）。成功報酬は配下の最も美しいニンフとの安定した結婚と麗しい子孫である（結婚の女神ユーノーに相応しい）。本来、アエオルスはユッピテルの命令を受けて風どもを動かすという取決めを結んでおり（1.62-63）、ユッピテルをないがしろにして風どもを動かすことはユッピテルに対する重大な不正義である。ここにおいてアエオルスは「（何をして欲しいかを）思案するのは（あなたの）仕事です。私にとっては、命令を実行に移すのが正しいことです（fās est）」と返答する。この返答は「上位者の命令と下位者の実行」、言い換えれば「秩序と正義」という、ウェルギリウスによって再定義されたであろうユーノーの属性（ユーノーにとって女性の安定的結婚は社会の秩序と正義の根本）に相応しい内容で構成されている。

　1.690：ウェヌスが、我が子のアモル神に、アエネーアースの子イウールスに変身しディードーを許されない愛に追い込んで破滅（自死）させることを命令した（1.683-688, 1.712）。成功報酬はない。救う相手が兄弟だからであり（1.667）、最愛の母の（cārae genetrīcis）言葉（ゆえに、それ）に従うのである（1.689）。ここには動機としての相手への「愛」がある。一方で、先に母神のウェヌスが土地乙女に変身して接近し助言したことを欺きであり誠が無いと非難したアエネーアース（1.407-410）であってみれば、今度はアモルが彼の息子に変身して接近し、アエネーアースを欺いたことを知れば、彼のウェヌスからの離反は決定的になるだろう。このディードーへの策略は絶対に彼に知られてはならない。アエネーアースをも欺くこの策略は彼への不正義でもある。ここにおいて

アモルの様子は「（翼を）外し、喜々としてイウールスの歩き方で進む」と表現される。アモルの「gaudens（喜々として）」は、先のアエオルスの「fās est（正しいことである）」の対極にあり、社会全体の「秩序と正義」の意識ではなく、血族において兄弟を助けて母を喜ばせたいという気持ちの表れである。反社会秩序的ながら、アモルは「愛」で結びつける能力においてはユッピテルをも下に見る力を持つ（1.664-665）ために、誰であれウェヌスの命で「愛」を仕掛けること自体が楽しくて仕方ないのである。

(4) 事例4　対照的場面の真逆主韻律

1.216	Postqu(am) e|xempta fa|mēs epu|līs men|saeque re|mōtae,	S D D S D S	A P P P A A
1.723	Postquam| prīma qui|ēs epu|līs, men|saeque re|mōtae,	S D D S D S	A A P P A A
7.116	'heus, eti|am men|sās con|sūmimus?'| inquit I|ūlus,	D S S D D D	A P P A A A

　上記3行は、キーワードの「mensae（食台の複数形）」を含み、背景に本節の先の「(1) 事例1　対照的場面の真逆主韻律」で触れた、真の目的地では飢餓のあまり食台に噛り付き噛み砕かなければならないというハルピュイアの呪いがある。

　ユーノーの力で漂着したカルターゴーにては、1.216の上陸直後には傷んだ穀物しかなかった（1.177-178）ところを偶然に遭遇した鹿の群れから必要分だけを倒して食事に供し（1.192-194, 1.214-215）、1.723のディードーの宴席では王侯らしい食事を十分に堪能し、2度とも飽食に至って食台は然るべく片づけられた。

　一方、ユッピテルの神意の目的地イタリアのラティウムでは、7.116の「『おーい、食台まで僕等は食べ尽くしたのか？』とイウールスが言った」を切掛けとして、アエネーアースはハルピュイアの呪いを期せずに克服したことを悟った（7.120）。ユッピテル自身が教えた作法で、スペルト小麦の薄焼き菓子を「台」として（その地の）野生の果実を乗せたつましい食事をした結果、空腹のあまり、その「台」すなわち食台を食べ尽くしたのである（7.109-113）。

　このように、対照的な場面での食台の様が真逆の主韻律で表現されている。

(5)　事例 5　対照的場面の真逆主韻律

		S	S	D	S	D	S	P	P	A	P	A	A
1.343	Huīc con|iunx Sȳ|chaeus e|rat, dī|tissimus| agrī	S	S	D	S	D	S	P	P	A	P	A	A
1.720	mātris A|cīdali|ae pau|lāt(im) abo|lēre Sy|chaeum	D	D	S	D	D	D	A	P	P	A	A	A

　1.343：彼女（ディードー）には夫のシュカエウスがいた。（ポエニ人の中で）領地に最も富む彼は。

　1.720：アキーダリア（ウェヌスの別称）の母（の命令）を（覚えている彼［アモル］）は、徐々にシュカエウスを（ディードーの心から）消すことを（始める）。

　両行の内容の対照性は明らかであり、真逆の主韻律のみならず、可変4脚中3脚が逆の従韻律で「内容と韻律形式」の一致を作り出している。

(6)　事例 6　類似事象の対照性を強調する真逆主韻律

		S	D	S	S	D	D	P	P	P	A	A	A
1.674	rēgī|nam medi|tor, nē| quō sē| nūmine| mūtet,	S	D	S	S	D	D	P	P	P	A	A	A
1.684	falle do|l(ō,) et nō|tōs pue|rī puer| indue| voltūs,	D	S	D	D	D	S	A	P	P	P	A	A

　1.674：策略によって「外見は同じ」だが中身が変化する。ディードーの中身（本心）を変えて、友好的言動の建前と本音を一致させる。「女王を（策略で情火に包み込もうと）考えている。何らかの神の力で（今の友好的な）自分を変えないように」

　1.684：策略によって、「中身は同じ」だが外見が変化する。アモル神が少年（イウールス）の外見を帯びる。「策略で欺け。つまり、（お前は）少年として少年の顔を装え」

　同じ策略でも、両行の対照性は明らかである。

4.2.3 キアスムス主韻律

(1) 事例1 作品の中心的主題に起結の呼応をし諸所に現れる キアスムス主韻律

1.1	Arma vi|rumque ca|nō, Trō|iae quī| prīmus ab| ōrīs	D D S S D S	A A P P A A
1.18	sī quā| fāta si|nant, iam| tum ten|ditque fo|vetque.	S D S S D D	A A P A A A
1.33	Tantae| mōlis e|rat Rō|mānam| condere| gentem!	S D S S D D	A A P A A A
1.670	Hunc Phoe|nissa te|net Dī|dō blan|dīsque mo|rātur	S D S S D D	Λ A P P A A

　全巻の序歌の起句 1.1 と結句 1.33 のキアスムス主韻律については、既に「2.『内容と形式の一致』概念に基づく韻律と文意の連関」で取り上げたが、ここでは、さらに 1.18 と 1.670 を 1.1 に呼応する結句の事例として挙げる。いずれもユーノーの長期ビジョンに関わって 1.18 はその全体像、1.670 はディードーの役割となっている。このユーノーの長期ビジョンがユッピテルの長期ビジョンの 1.33 と同じ主韻律であることは、アエネーアースの運命がどちらに帰結するかは紙一重であったこと、さらに言えば、ユッピテルの長期ビジョンはそのユーノーの長期ビジョンを自らの内に統合してしたことを示唆するものと考える。

　1.18「結」：もしやユッピテルの神意が（カルターゴーが諸族の王となることを）何らかの仕方で許さないかと期待して、既にその時力も尽くし心に固く抱いていた。

　1.670「結」：この者（アエネーアース）をフェニキア女のディードーはつかまえ、つまり（高潔で友好的な風の）甘言で、引き留めている。

(2) 事例2 事態の反転を担うキアスムス主韻律

1.701	Dant famu|lī mani|bus lym|phās, Cere|remque ca|nistrīs	D D S D D S	A P P P A A
1.704	cūra pe|num strue|r(e,) et flam|mīs ado|lēre Pe|nātīs;	D D S D D S	A P P P A A
1.714	Phoenis|s(a,) et pari|ter pue|rō dō|nīsque mo|vētur.	S D D S D D	P P P P A A

　1.701：奴隷たちは（会食者らの）手に清水を注ぎ、パンを籠で（供給する）。

　1.704：食事の支度と、かまどの神々を火で礼拝することが（彼女等

の）職務であった。

　1.714：フェニキアの女ディードーは（それらを見るにつけて燃え上がり）、（アモルが変身した）少年にも、贈り物にも等しく心を動かされる。

　この 1.701 と 1.704 はディードーの宴席の始まりの様子である。一見手水とパンが供されかまどの神々に捧げものをするという普通の行為のようであるが、1.701 の「lympha（川や泉の清水）」は「水のニンフ」が、「Cerēs（パン）」は「ケレース神」が第一義であり、1.704 の「Penātēs（かまどの神々）」は後の「ローマの家庭・国家の守護神」であることを考えると、宴席でのこれらの神々への態度が問題となる。

　例えば、イタリアのティベリーヌスの岸に上陸して乏しい食事をした後、ユッピテルの神意の地に到着しハルピュイアの呪いも克服されたことを悟ったアエネーアース自身が神々に感謝の儀を捧げる時、「Nymphae（ニンフら）」を含む土地の神々への祈りを、ユッピテルへのそれよりも先に行っている（7.135-140）。そのような、清水やパンが（日々）得られることへの、神々への感謝の念が 1.701 からはうかがえない。

　1.704 の「Penātēs（かまどの神々）」の礼拝は、ディードーから望むなら盟約を結んでも良いと申し出た（1.572-574）そのアエネーアースらを歓迎する宴席において、然るべき立場の者達が行うのではなく、調理を担当する者達の仕事としてあずけている（1.703-704）。一方、例えば、ラティウムでの戦争において、同盟を求めるアエネーアースらを歓迎するエウアンドルス王の宴席では、王自らアエネーアースらを席に案内した後に、選ばれた若者らと 1 人の神官が祭壇へ捧げものをし、それが済んでからパンとワインを供するのである（8.169-181）。両者の違いは明らかである。

　1.701 と 1.704 のカルターゴーの宴席の様子は、敬神の念に乏しいといえるだろう。

これの直前で宴席の様子を伝える 1.697-700 では、黄金や貝紫の寝椅子が語られる。加えて、この場面の後で豪華な照明が灯され天井の黄金の鏡板もまばゆく松明も灯されて夜を圧倒する様も描写される（1.726-727）。まさにこのような宴席の有り様を、ルクレーティウスは、自然の本性に盲目な人間精神が才能・身分・富・権力を渇欲する結果であり、正しい理性によって強欲を排し達成すべき晴朗なる精神を暗黒におとしめるものと糾弾している（Lucr. 2.1-36）。加えて、豪華な宴席への対立概念として「小さい川の近く、高い木が枝を広げた下で、費用をかけずに、柔らかい草の上に体を楽しく休めること（Lucr.2.29-33）」が挙げられているが、この様子はまさにアエネーアースらがイタリアのティベリーヌスの岸に上陸して、ユッピテル自ら教えた仕方で乏しい食事をした時の様子そのものである（7.107-111）。

　カルターゴーの宴席の有り様、さらに踏み込めば、それが象徴する才能・身分・富・権力を渇欲する人間の有り様は、ルクレーティウスの唯物論的原子論のみならずユッピテルへの敬神からも糾弾されるべきものということになる。

　したがって、1.701 と 1.704 の主韻律「DDSDDS」は、「女王を筆頭に、強欲追求の中で、傲慢にも神々をないがしろにする行為の進行する様」であり、一方の 1.714 の主韻律「SDDSDD」は「これからアモルの毒を飲ませるために、アモル神が女王をとらえた様」である。ここにおいて、黙認されていた神々への傲慢が神々の懲罰の対象へ転じたという事態の反転がキアスムスの主韻律の関係と呼応することになる。

(3)　事例3　起結の呼応をするキアスムス主韻律

		D	D	S	D	D	D	A	P	P	A	A	A
1.731	'Iuppiter,| hospiti|bus nam| tē dare| iūra lo|quuntur,	D	D	S	D	D	D	A	P	P	A	A	A
1.738	tum Biti|ae dedit| increpi|tans; ill|(e) impiger| hausit	D	D	D	S	D	D	A	P	P	P	A	A

　1.731：ユッピテルよ、主人と客人に、あなたが（しかるべき）掟を与えると言われています、それゆえに。

　1.738：次に、（ディードーは）大声で呼ばわりつつビティアスへ（献酒皿を）与えた。その者は勢い込んで（献酒を泡立てつつ）飲み干してしまった。

　この2行は、ユッピテルへの主客の良い契りを祈願するディードーの、不敬神な語り掛けの言葉（1.731）と、その願掛けが終わってユッピテルへ献酒する段となり、自らは簡略に済ませて献酒皿を配下の者へ渡した時の、配下の者の不敬神な行為（1.738）である。

　ここには、指導者の不敬神な祈願の言葉を「起」とし、それを受ける「結」としての配下の者の不敬神な献酒の様がある（この指導者にしてこの配下あり）。

　1.731 の不敬神は「loquuntur（と言われている）」と言う表現である。伝統的敬神では、例えばオデュセイアのナウシカアー王女は、海で痛めつけられた異形の姿のオデュッセウスを見て、こういう人はゼウスが遣わしたのだから世話をしなければならない（Od. 6.162）と自ら言い切っている。1.731 の伝聞表現は不真面目であろう。

　1.738 の不敬神はビティアスが自らはユッピテルへの献酒を行わず、献酒皿の酒を全て飲んだことである。例えば、オデュセイアのアルキノオス王に初対面したオデュッセウスを、王がもてなす際の献酒は、つがれた酒で、広間に居る皆がそれぞれに、神々へ献酒を済ませてから思う存分に飲んでいる（Od. 7.184）。

4.2.4　要素真逆のキアスムス主韻律

(1)　事例1　要素真逆のキアスムス主韻律

1.719	insī|dat quan|tus mise|rae deus;| at memor| ille	S	S	D	D	D	P	P	P	P	A	A
1.727	incen|s(ī,) et noc|tem flam|mīs fū|nālia| vincunt.	S	S	S	D	D	P	P	P	P	A	A

　1.719：（ディードーは知らない、）哀れな（彼女の膝に）どれほど大きな神が腰を下ろしているのかを。しかし（アキーダリアの母を）覚えている彼の（アモル）神は（亡夫シュカエウスを徐々に彼女の心から消し始める）。

1.727：（ランプが黄金の鏡板の天井から吊り下がって）光り輝き、蝋松明は炎を立てて夜に打ち勝つ。

この夜に向かう宴席の流れにおいて、内容的も下記のように、ディードーの運命が動き出した 1.719 を「起」とし、「闇」を共通キーワードとして要素を逆にした「結」が 1.727 で語られる。

1.719「起」：見えない、「愛」の力で、ディードーを冥界の「闇」へと、月日をかける「追い込み」を始めた。

1.727「要素真逆の結」：まさに見える、「富」の力の象徴たる黄金と照明で、夜の「闇」を「追い払う」（今この瞬間の栄華の極みを謳歌するように）。

⑵　事例2　事態の反転を担う要素真逆のキアスムス

| 1.703 | Quīnquā\|gint(ā) in\|tus famu\|lae, quibus\| ordine\| longam | S | S | D | D | D | A | A | P | P | A | A |
| 1.709 | Mīran\|tur dō\|n(a) Aenē\|ae, mī\|rantur I\|ūlum | S | S | S | S | D | D | P | P | P | P | A | A |

1.703：奥には、50 人もの女奴隷の召使がいる。整然と配置につく彼女等の仕事は、長時間にわたる（食事を作り備えておくこと）。

1.709：（宴席のテュルス人らは）アエネーアースの贈り物に驚嘆し、イウールスに驚嘆する（つまりその、神たる光り輝く容貌と［聡明でなげな］彼に似せた話しぶりに）。

上記において、1.703 は既に「4.2.2　真逆主韻律 ⑴ 事例1」で取り上げたとおり、軍団の隊列の含意を持っている。一方、1.709 はアモルの変身したイウールスを初めて見たテュルス人らの反応であるが、ウェヌスがアモルに「vīrēs（力、軍事力）」と呼び掛け、ユッピテルをも凌ぐとした（1.664-665）ことを考慮すると、軍団を共通キーワードとして、内容的にも下記のように、1.703 を「起」とし、要素を逆にした事態の反転が「結」として 1.709 で語られる。

1.703「起」：ユーノーの神威の下でのディードーの宴席は、既に「4.2.3　キアスムス主韻律 ⑵ 事例2」で触れたように、ユッピテルへの敬神が否定する傲慢なほどの華美・飽食を追求しディードーの価値観

の下にアエネーアースを取り込んでしまおうとするものである。飽食攻撃を支える50人の調理人軍団のきびきびした様が1.703であり、その後、積上げるような料理と酒が配膳される（1.706）。加えて、大勢のテュルス人らも外から宴席に参入し陣取る（1.707-708）。この1.703から始まり1.708に至る、1.709の直前の状況は、テュルス人の二枚舌とユーノーの残酷さを恐れるウェヌス（1.661-662）の立場からすると、アエネーアースらを攻撃する飽食とテュルス人による包囲が完了したことを意味する。

　1.709「要素真逆の結」：援軍登場。アカーテースと少年イウールスだけである。しかしイウールスはウェヌスの最強の軍事力アモルの変身である。彼が登場するや否やディードーをはじめテュルス人の感嘆を呼び起こす様が1.709である。

　軍団要素において次のように逆となっている。1.703では、50人の女召使（調理人）が、「飽食」を武器として、宴会場の「奥」におり、1.709では1人の少年（神）が、「愛」を武器として、宴会場の「外」から入ってきた。

　なお、敵による包囲と援軍の登場というこの図式は、父と子を入れ替えれば、『アエネーイス』後半の、イウールスと留守部隊の陣営がトゥルヌス率いる敵部隊に包囲攻撃され、そこにアエネーアースが援軍を率いて登場する（10.260-269）図式と同じであり、ディードーの下でアエネーアースが存亡の危機にある（6.694）ことの暗示でもある。

⑶　事例3　事態の反転を担う要素真逆のキアスムス

| 1.706 | quī dapi|bus men|sās one|rent et| pōcula| pōnant. | D|S|D|S|D|D | A|P|P|P|A|A |
| 7.115 | fātā|lis crus|tī patu|līs nec| parcere| quadrīs: | S|S|D|S|D|S | P|P|P|P|A|A |

　1.706：（男女100人ずつの下働きの奴隷たちが）料理で食台を重くし、杯についだ酒を（食台に）置く。

　7.115：（飢餓が彼等を追い立てて、敢えて円板状のそれをも手と顎で乱暴に扱い）運命の（円板状の）薄焼き菓子の、広く散らばってしまった四角形状※の（欠片の）数々まで容赦しなかった（すなわち食べ尽くし

た)。(※ quadra (四角な切片) には食台の意味もある)

　この 2 行において、「食台」を共通キーワードとして、内容的も下記のように、1.706 を「起」とし、要素を逆にした事態の反転が「結」として 7.115 で語られる。

　1.706「起」：本事例の前に挙げた「4.2.4 (2) 事例 2 事態の反転を担う要素真逆のキアスムス」で述べたように、ここから始まる宴席は傲慢なほどの華美・飽食である。既にユーノーによってユッピテルへの敬神に深い傷を負っているアエネーアースは、このカルターゴーの華美・飽食を経て、ユッピテルの神意の道からこれまでで最も踏み外していくことになる (第 4 巻)。

　7.115「要素真逆の結」：先に「4.2.2 真逆主韻律 (4) 事例 4」でその背景に触れたように、これはユッピテルの神意の地でのユッピテルも是としたハルピュイアの呪いの克服を意味する。すなわち、アエネーアースらの長年の放浪と迷いの船旅の終結である。

　また、食台要素において次のように逆となっている。1.706 では食台上に食べきれない程の馳走が積まれるのに対し、7.115 では食台 (薄焼き菓子) 上の食べ物が乏しいため、飢餓のあまり食台まで食べ尽くすのである。

4.3　行末「短母音＋二重子音」＝「短音節」ゆえに成立する「内容と主韻律形式の一致」の事例

4.3.1　近接位置の全事例

　各事例においては、主韻律同士の関係に呼応して「内容と韻律形式の一致」を成立させる内容同士の関係を解釈として記述している。

⑴　事例1　同一主韻律（および同一従韻律）の関係
　　　（1.83行末が当該二重子音）

1.81	Haec ubi| dicta, ca|vum con|versā| cuspide| montem	D|D|S|S|D|D	A|A|P|A|A|A
1.83	quā data| porta, ru|unt et| terrās| turbine| perflant.	D|D|S|S|D|D	A|A|P|A|A|A

　　1.81：力による秩序と訓練の行き届いた軍団が活躍の場を与えられたときの、指揮官と兵隊の「一心同体」の様（上級者の命令に喜んで直ちに従う、軍団指揮官の手慣れた出撃命令の様）。「このように言い終えるとともに、（アエオルスは）空洞の山を、槍を逆さにして（その横腹を打った）」

　　1.83：力による秩序と訓練の行き届いた軍団が活躍の場を与えられたときの、指揮官と兵隊の「一心同体」の様（指揮官の命令に喜んで直ちに従う、軍団兵の勇ましい出陣の様）。「（すると風どもは、あたかも進軍中の隊列となったように、）出口が与えられた所を通って（外へ）突進し、大地を竜巻状に吹き抜ける」

　　上記2行の「DDSSDD」の主韻律は、DからSへの流れを矢印で表現すると、その前半と後半が「→ ←」のように対峙関係にある。これはアエオルスと風どもの、あたかも軍団のように、厳罰となだめすかしで成立している力による支配・被支配関係（1.52-57）の象徴のようである。従韻律も同一であることで力による「一心同体」ぶりが強調される。

⑵　事例2　真逆および同一主韻律の関係
　　　（1.99行末が当該二重子音）

1.97	Tȳdī|dē! Mē|n(e) Īlia|cīs oc|cumbere| campīs	S|S|D|S|D|S	P|P|P|P|A|A
1.99	saevus u|b(i) Aeaci|dae tē|lō iacet| Hector, u|b(i) ingens	D|D|S|D|D|D	A|P|P|P|A|A
1.101	scūta vi|rum gale|āsqu(e) et| fortia| corpora| volvit?'	D|D|S|D|D|D	A|P|A|A|A|A

　　1.97：自分は、トロイアの野で死ぬことができなかった（ギリシア勢の中で最も勇敢な者［テューデウスの子］の手による、英雄としての死の寸前までいったのに）。

　　1.99：ヘクトルは、勇猛に（戦って）そこ（トロイアの野）で死んだ（ア

エアクスの子孫の槍で）。そこでは、（サルペードーンも）誇り高く（戦って倒れた）。

　1.101：多くの勇士が死体となって波の下を転がっているが、（それでもそれはあのトロイアの）シモイース川の波だ。

　アエネーアースにとって、故国を脱出して長く漂泊した果てに、結局死ぬ、しかも誰も知らず大海の藻屑となって死ぬ運命を突き付けられた時に、故国の者達がその戦いを見守る中で、英雄として死ぬ一歩手前まで行ったが（ウェヌスの救助ゆえに）死ねなかった自分と、英雄として死ねた者達との運命の有り様が真逆に感じられたのであり、真逆の主韻律がその趣を強調する。

　さらに、故国の野で死ねた者達は、個人の名前が挙がる指揮官としてのグループ（1.99-100）と指揮官の下で戦った名も記憶されない多数の戦士たちのグループ（1.100-101）とでは、その属性に差異を持つ。しかしそれでも、アエネーアースにとって3倍も4倍も自分より幸せな者達（1.94-96）であるには違いのないことが、1.99と1.101の同一主韻律であることによって強調される。

⑶　事例3　要素真逆のキアスムス主韻律の関係
（1.117行末が当該二重子音）

		D	S	D	D	D	A	P	P	P	A	A
1.117	torquet a|gens cir|c(um,) et rapi|dus vorat| aequore| vortex.	D	S	D	D	D	A	P	P	P	A	A
1.118	Adpā|rent rā|rī nan|tēs in| gurgite| vastō,	S	S	S	D	S	P	P	P	P	A	A

　解釈は、先の「4.1.4　要素真逆のキアスムス主韻律　⑵　事例2」を参照。

⑷　事例4　真逆主韻律の関係（1.117行末が当該二重子音）

		D	S	D	D	D	A	P	P	P	A	A
1.117	torquet a|gens cir|c(um,) et rapi|dus vorat| aequore| vortex.	D	S	D	D	D	A	P	P	P	A	A
1.121	et quā| vectus A|bās, et| quā gran|daevus A|lētēs,	S	D	S	D	S	P	A	P	A	A	A

　1.117：まずは1隻のなぶり殺し。一気に飲み込む前に（3度同じところを）追い掛け回しているのはなぶっている様である。

　1.121：全艦船沈没への最終攻撃。直前の1.120と1.121で4名の指

揮する船を列挙しており、この列挙は全艦船の象徴。直後の 1.122-123
で嵐がこれらを打ち負かしたこと、および船腹の継ぎ目が緩み開いた口
から海水が流入する様が語られる。

(5)　事例5　同一主韻律の関係（1.148行末が当該二重子音）

		D	S	D	S	D	D		A	P	P	P	A	A
1.148	Ac velu|tī mag|n(ō) in popu|lō cum| saepe co|orta (e)st	D	S	D	S	D	D		A	P	P	P	A	A
1.149	sēditi|ō, sae|vitqu(e) ani|mīs ig|nōbile| volgus,	D	S	D	S	D	D		P	P	A	P	A	A
1.153	ille re|git dic|tīs ani|mōs, et| pectora| mulcet,—	D	S	D	S	D	D		A	P	P	P	A	A

　ネプトゥーヌスの荒れた海を鎮める様が 1.146-156 で語られるが、
それは、1.148-153 に挿入される人間世界の争いを鎮める威厳ある者の
ようであるとされる。その6行の挿入部の冒頭行と続く行の2行（勃発）
および最終行（鎮静）の合計3行が同一主韻律でつながる（とりわけ冒
頭と最終は従韻律も同一である）ことは、それらに挟み込まれた挿入部
のメッセージ全体を重要なこととして記憶に留める手段であろうと考え
る。また、この3行には、争いの勃発と鎮静に関わる重要な含意がある
ようだ。

　挿入部のメッセージの全体概要：（ネプトゥーヌスが荒れた海を鎮め
るのは、）敬神と軍功で威厳を備えた男が、大きな国民の中ではしばしば
起こる、不和から武器を手にした争乱の寸前へと狂気を高める名も無き
民衆の衝突を鎮めるときの様のようである。すなわち、その威厳ゆえに
民衆はその男の言葉に耳を傾ける。その言葉は精神を正し、胸の狂気を
鎮める。

　上記3行の重要な含意：

　1.148　大きな国民の中ではしばしば不和・衝突は起こるものだ。

　1.149　その渦中で名も無き民衆の心は荒れ狂っていくものだ。

　1.153　（然るべき社会の重鎮は）言葉でその荒れた精神を正すものだ。

　上記 1.153 は、アエオルスと荒れ狂う風どもとの間の、力による秩序
維持（1.52-57）のアンチテーゼとなっている。

また、このネプトゥーヌスおよび威厳ある者のエピソードはルクレーティウスへのアンチテーゼともなっているようだ。

　すなわち、山のような波の頂上から「静かな頭」を突き出したネプトゥーヌスが見たのは、嵐に翻弄されるアエネーアースの艦隊であった（1.127-129）が、彼の神の取った行動は嵐を鎮め、「晴朗なる天」を回復すること（1.142-143）であった。一方、ルクレーティウスは、我々の宇宙は原子の吸収が放出を上回る成長の限度に達し逆に優勢となったその放出によって死滅へ向かっているのであり（Lucr. 2.1105-1174）、自然の合理の導くところに従い、強欲を排し自然の供するもので満足し死の恐怖を克服したところに生まれる「晴朗なる精神」の聖域（Lucr. 2.7-21, 6.1-42）から、盲目なる精神が引き起こす海難や戦争や権力闘争を眺め下ろして「快」とし（Lucr. 2.1-13）つつも、問題から遠く離れて独立している神々（Lucr. 2.646-651）のように、全てのことを「晴朗な精神」で眺めることが真の敬神の道である（Lucr. 5.1203）と説いた。

　しかるに、晴朗なる神域にいた神たるネプトゥーヌスは、状況に介入し個々人が「晴朗なる精神」を涵養するために欠かすことのできない社会の安定、すなわち「晴朗なる天」を回復したのである。それはあたかも、ルクレーティウスがウェヌスに祈願した休戦を実現するかのようである。また同時に、挿入部分の敬神と軍功で威厳を備えた男が争乱の民衆に語り掛け、個々人の晴朗なる精神だけでなく晴朗なる社会を回復する様にも通ずる。

⑹　事例6　真逆主韻律の関係（1.417行末が当該二重子音）

1.414	mōlī|rīve mo|r(am), aut veni|endī| poscere| causās.		S	D	D	S	D	S	A	A	A	A	A	A
1.417	tūre ca|lent ā|rae, ser|tīsque re|centibus| hālant.		D	S	S	D	D	D	A	P	P	A	A	A

　1.414：一連の救援・保護活動の仕上げ。母神ウェヌスは、アエネーアースがそこで困窮するユーノーの本拠地に出かけ活動した。

　1.417：ゆったりとした休息。母神ウェヌスは、一連の活動を終え、いかにもウェヌス信仰に相応しい様の、自らの神殿に戻った。

　なお、一連の救援・保護活動の仕上げである保護雲のことが 1.411-414 で語られ、その最後が 1.414 の「遅れさせられたり、来訪の理由を尋ねられたり（のできないように）」であることは、ウェヌスが去り際にアエネーアースの非難の言葉を確かに背中で受け止め、それへの対策を一連の活動の仕上げに含めたことの象徴的示唆であろう。だからこそ、まずはやるべきことはやったという満足感と共に帰った（1.415-416）のであろう。

　すなわち、土地乙女に変身したウェヌス自身が来訪の理由を尋ね、アエネーアースの返答を苦痛とした（胸の底からの嘆息と、時間はいくらあっても足りないとの物言いの）様を見た（1.369-374）からこそ、そのような問いかけで再び我が子を苦しめまいとする、単なる実利を越えた母の保護雲なのであり、また、アエネーアースの母神への不信感を言葉で聞いたからこそ、後に保護雲から出ようともがく際に母神は正しかったという言葉が保護雲消滅の鍵として設定されていた（1.579-588）と考える。

(7)　事例 7　同一主韻律の関係（1.462 行末が当該二重子音）

1.460	quae regi|(ō) in ter|rīs nos|trī nōn| plēna la|bōris?	D	S	S	S	D	D	A	P	P	P	A	A
1.462	sunt lacri|mae rē|r(um) et men|tem mor|tālia| tangunt.	D	S	S	S	D	D	A	P	P	P	A	A

　1.460：人間世界の遍き名声で報われた（不死の神々による）我等（トロイア人）の労苦。「人間世界の如何なる国でも、（ここのようにトロイアから遠く離れた国でも）、我等の（戦争の）労苦（とそれゆえの誉れの物語）が（人の心を動かし広く）行き渡っている」

　1.462：人間世界の遍き名声で報われた（不死の神々による）我等（トロイア人）の労苦。「（このようにトロイアから遠く離れた国にもまた、同じ死すべき人間として労苦とそれゆえの誉れを理解し、流してくれた、あの戦争の）諸事への涙がある。死すべき人間のことは（我が事として、人間の）心を動かす（そして諸所へ行き渡る）」

　なお、上記解釈では、当該 2 行を含み一つのまとまった文脈を形成す

る1.456-463の詩行群から、1.461の「laus（誉れ）」と「praemia（報酬）」、また1.457および1.463の「fāma（名声）」を、共通上位概念として付加している。それは次の考えによる。すなわち、人が他人の労苦に涙するとき、それは単に哀れを誘われてではなく、労苦ゆえの誉れをも理解しての感涙であり、さらに、アエネーアースがトロイア戦争の絵画を見て終止感動しているのは、人の感涙が名声を形作り、その遍き名声が労苦の報酬と思えたからである。

⑻　事例8　真逆および同一主韻律の関係
（1.517と1.519の行末が当該二重子音）

1.516	Dissimu|lant, et| nūbe ca|vā specu|lantur a|mictī,	D	S	D	D	D	S		P	P	A	P	A	A
1.517	quae for|tūna vi|rīs, clas|sem quō| lītore| linquant,	S	D	S	S	D	D		A	A	P	P	A	A
1.519	ōran|tēs veni|(am,) et tem|plum clā|mōre pe|tēbant.	S	D	S	S	D	D		P	P	P	P	A	A

1.516：潜在する、真の幸運の女神ウェヌスの恩恵。「（やって来る仲間達に）気付いてない風を装いつつも、（ウェヌスの隠れ蓑たる）中空の雲に包まれて様子を窺う」

1.517：顕在しつつある、見せかけの幸運の女神ユーノーの恩恵。「如何なる幸運の女神が彼等には付いているのだろうか。船団はどの岸辺においてきたのだろうか」

1.519：顕在しつつある、見せかけの幸運の女神ユーノーの恩恵。「彼等は、叫び声をあげて恩恵を嘆願しながら（歩を進め）、そして（ユーノー）神殿を目指していた」

アエネーアースは母神ウェヌスの雲（隠れ蓑）にすっぽりと守られていながら、それは目に映らず、その有難さも認識していない。加えて、ウェヌスが地元乙女に姿を変えて近づき、地誌情報・警告・予言・案内をアエネーアースに与えて援助したにもかかわらず、真の姿を隠して接したことを不実と詰って（不信感と共に）終わる（1.314-410）。

　一方、アエネーアースが初めて事態好転の希望を持ったのはその後、ユーノー神殿に到着した時であった（1.450-452）。さらに1.517を特

徴づける「fortūna（[幸] 運）」は、（幸) 運の女神の含意を持ち、既出事例に、勃興するカルターゴーに感嘆する場面での「fortūnātī」(1.437)、見事なユーノー神殿の様に感嘆しての「fortūna」(1.454) がある。これらは、1.517 での仲間の生還がユーノーの神威によるものではないかとアエネーアースが考える伏線として機能するだろう。その彼等が嘆願しつつユーノー神殿を目指して来る事態は、いよいよユーノーこそ頼みとすべき真の幸運の女神だという思い込みを強くさせるだろう。

⑼　事例9　真逆主韻律の関係（1.530行末が当該二重子音）

| 1.527 | Nōn nōs\| aut fer\|rō Liby\|cōs popu\|lāre Pe\|nātīs | S | S | D | D | D | S | A | A | P | P | A | A |
| 1.530 | Est locus,\| Hesperi\|am Grā\|ī cog\|nōmine\| dīcunt, | D | D | S | S | D | D | A | P | P | P | A | A |

　1.527：来訪の誤解の否定開始。「我等は武力でリビュアの家々を略奪し滅ぼすために（来たのではない)」

　1.530：来訪の真実の表明開始。「ギリシア人がヘスペリアと添え名で呼ぶ場所がある」

　1.527 は、1.527 から 1.529 にかけての来訪の誤解の否定を開始した行である。一方、1.530 は、1.530 から 1.538 にかけての来訪の真実の表明を開始した行である。夫々の詩行群の代表として冒頭行が真逆の主韻律で対峙していると考える。

⑽　事例10　同一主韻律の関係（1.605行末が当該二重子音）

| 1.603 | Dī tibi,\| sī qua pi\|ōs res\|pectant\| nūmina,\| sī quid | D | D | S | S | D | D | A | A | P | A | A | A |
| 1.605 | praemia\| digna fe\|rant. Quae\| tē tam\| laeta tu\|lērunt | D | D | S | S | D | D | A | A | P | P | A | A |

　1.603：ディードーの称讃を通して、ユッピテルと心中で対峙するアエネーアース。「神々があなた（ディードー）に（1.605 相応しい報奨を賜らんことを)。もしも、（誰かは知らないが）いずれかの神々が敬神な者達を重んじているならば、もしも、（次のことがどこかでは）重要とされているならば、（1.604 すなわち正義というものが、言い換えれば、道徳的正しさを自ら弁えている精神というものが)」

1.605：ディードーの称讃を通して、ユッピテルと心中で対峙するア
エネーアース。「（神々よ、［ユッピテルの主客の正義をなした］ディー
ドーに）相応しい報奨を賜らんことを。（ディードーよ）あなた（のよう
な崇高な方）は、如何なるそれほどにも喜ばしい時代がもたらしたのか
（あたかも「黄金時代」の人々のようだ）。（1.606 如何なる、それほどに
喜ばしい祖先［の連なり］が、これほどの方を生み出したのか）」

　1.603 で神々に願いを語り掛けるアエネーアースは、自他共に認めて
いた敬神なるアエネーアース（1.378-379）にとっては極めて明確なこ
と、すなわち神々が敬神を重んじることを、不定形容詞を用いた条件文
で表現している。これは至高神ユッピテルへの、自他共に敬神で認めら
れているはずの自分がなぜこうも労苦の荒波にもまれ続けなければなら
ないかという抗議の気持ちがそうさせていると考える。

　1.605 ではディードーを大いに称揚しつつ、本当は彼女こそが、好ま
しい民族の履歴も持ち、自分とトロイア人がこれから共に王国を発展さ
せるに相応しい相手ではなのか、イタリア行きは偽りの運命ではないの
かという疑問をぶつけている。

　両行に共通する主韻律「DDSSDD」は、その前半の「DDS」と「SDD」
の後半が、あたかも「→ ←」のように、心中で相対峙するアエネーアー
スとユッピテルの象徴のように思える。

⑾　事例 11　真逆主韻律の関係（1.706 行末が当該二重子音）

1.706	quī dapi|bus men|sās one|rent et| pōcula| pōnant.		D	S	D	S	D	D	A	P	P	P	A	A
1.707	Nec nōn| et Tyri|ī per| līmina| laeta fre|quentēs		S	D	S	D	D	S	A	A	P	A	A	A

　1.706：奥からやってきた、大量の馳走と酒が、傲慢なほどの華美・
飽食による自滅へ誘うものとして、隠された敵意を担う。「（男女 100 人
ずつの下働きの奴隷たちが）料理で食台を重くし、杯についだ酒を（食
台に）置く」

　1.707：外からやってきた、多数の祝賀のテュルス人が、場合によっ
ては強欲に駆られた暴力も辞さない物理的脅威として、隠された敵意を

担う。「そしてさらにテュルス人らも喜ばしい門口にぎっしりと（集まった）」

　先に「4.2.4 ⑵ 事例 2」で触れたように、この両行はアエネーアースが敵意に包囲されたことを意味する。その手段の対照性が真逆主韻律と呼応する。ご馳走と酒は傲慢による自滅へ向けた敵意であり、一方のテュルス人は、後にアエネーアースに入れ込み国政をないがしろにするディードーにも敵意を向けた（4.321）ように、何らかの利益をそこからくみ取るために宴席にきたのであって、本来好戦的な（1.14）彼等はその敵意を当面封印しているだけである。

⑿　**事例 12　2 種の真逆主韻律関係の対および中央行による
　　　　キアスムス配置（1.724 と 1.725 の行末が当該二重子音）**

1.722	iam prī|dem resi|dēs ani|mōs dē|suētaque| corda.	S	D	D	S	D	D	P	P	P	P	P	A
1.723	Postquam| prīma qui|ēs epu|līs, men|saeque re|mōtae,	S	D	D	S	D	S	A	A	P	P	A	A
1.724	crātē|rās mag|nōs statu|unt et| vīna co|rōnant.	S	S	D	S	D	D	P	P	P	P	A	A
1.725	Fit strepi|tus tec|tīs, vō|cemque per| ampla vo|lūtant	D	S	S	D	D	D	A	P	P	A	A	A
1.726	ātria;| dēpen|dent lych|nī laque|āribus| aureīs	D	S	S	D	D	S	A	P	P	P	A	A

　当該二重子音は、1.723 と 1.725 の真逆主韻律の関係、および 1.724 の行の前半主韻律と後半主韻律のキアスムス関係に関与する。解釈については、「4.1.2 ⑹ 事例 6」を参照。

4.3.1　補遺

4.3.1 補遺 ⑴　行末「短母音＋二重子音」を「長音節」とする場合の「内容と主韻律形式の一致」に及ぼす影響

　第 1 巻全体で行末が「短母音＋二重子音」となる詩行は次の 47 行である。

　35、50、64、65、77、83、99、105、106、117、123、148、152、173、211、212、213、217、218、236、239、305、332、383、386、417、435、437、462、473、479、480、517、518、519、530、559、563、601、605、609、614、671、706、724、725、727

これらの詩行が近接位置（隣接およびサンドイッチ構造に限定）の詩行と同一、真逆、キアスムス、要素真逆のキアスムスの関係を形成する場合の数およびその詩行対、ならびにそれら詩行対における「内容と主韻律形式の一致」の有無（有りを囲み線で表現）およびその割合（合計欄の一致率）を次表にまとめて示す。

表　第1巻での行末「短母音＋二重子音」の詩行とその近接位置で
　　主韻律が所定の関係を結ぶ詩行対

	同一	真逆	キアスムス	要素真逆の キアスムス	合計 個数 一致率
短音節	個数 6： 81-83, 99-101, 148-149, 460-462, 517-519, 603-605	個数 4： 97-99, 516-517, 706-707, 723-725	個数 0	個数 1： 117-118	11 100%
長音節	個数 7： 83-84, 104-106, 147-148, 479-481, 517-519, 605-607, 725-726	個数2： 77-78, 150-152	個数 2： 385-386, 670-671	個数 3： 382-383, 461-462, 516-518	14 28.6%

　上記におけるもっとも重要な数値は、「内容と主韻律形式の一致」の割合である。短音節とした場合の 100% に対して長音節とした場合は 28.6% にとどまる。100% の価値は、単に 28.6% の 3.5 倍ということではなく、須らくそうだということにある。もしも長音節として扱えば、これらの、短音節だとした場合に得られる「内容と韻律形式の一致」の妙を全て失うことになる。以上より、詩人は行末「短母音＋二重子音」を短音節として創作したと考える。

　なお、当該行において長音節とした場合の「内容と韻律形式の一致」の割合が 0% ではない理由としては、例えば、この 2 つの場合の当該行同士は元来、行末「短母音＋二重子音」以外の可変 5 脚中 4 脚を共有しているのであって、詩人が、前後の文意の流れに対応する韻律において、本来の目的に沿って最終選択された D/S 配列に、副次的ニュアンスを

添えるために所定の関係に近いもの（潜在的関係）にとどめていたところが、第6脚のS化によって顕在化する場合が考えられる。

4.3.1 補遺⑵　長音節とした場合の全14事例の内容解釈

⑴　事例1　真逆主韻律の関係（1.77行末が当該二重子音）

1.77	explō	rāre la	bor; mihi	iussa ca	pessere	fās est.		S	D	D	D	D	S	A	A	P	A	A	A
1.78	Tū mihi,	quodcum	qu(e) hoc reg	nī, tū	sceptra Io	vemque		D	S	S	S	D	D	A	P	A	P	A	A

　上記2行には、アエオルスが本来の命令者であるユッピテルをないがしろにする理由において、下記の対照的関係がある。

　1.77：主な理由としての「義理」であり、ユッピテルへの言い訳。そもそも天界のヒエラルキーの下、上位者の命令に従うのが「私：アエオルス」の立場における正義。しかも依頼者ユーノーはユッピテルの配偶神・女王である。

　1.78：副次的理由としての「人情」。そもそも「私：アエオルス」がこの地位につけたのは依頼者たるユーノーのおかげ。

　「義理」と「人情」の差す方向が真逆であれば、「内容と韻律形式の一致」として申し分ないが、この場合は共にユーノーに発して同一方向を指しており、主な理由を副次的理由で強化している構図である。「内容と韻律形式の一致」と言うには違和感がある。

⑵　事例2　同一主韻律の関係（1.83行末が当該二重子音）

1.83	quā data	porta, ru	unt et	terrās	turbine	perflant.		D	D	S	S	D	S	A	A	P	A	A	A
1.84	Incubu	ēre ma	rī, tō	tumqu(e) ā	sēdibus	īmīs.		D	D	S	S	D	S	A	A	P	A	A	A

　上記2行は、アエオルスが風共に出撃命令を出した後の様である。

　1.83：荒ぶる軍団の様。出陣。海の戦場へ向けて大地を竜巻となって吹き抜ける。

　1.84：荒ぶる軍団の様。大海襲撃。大海全体を底からかき乱す。

　風どもにとって、大地は戦場への通過経路であって襲撃対象ではない。出陣の時から荒ぶる様が際立つことを戦場での荒ぶりと同一主韻律

でつなぎ、強調するようにも思えるが、荒ぶりの程度が大きく違い、同一主韻律でつなぐことに疑問を感じる。特に、従韻律は両行同一であるので、主・従の韻律にわたる強い同一性に釣り合わないと考える。

(3)　事例3　同一主韻律の関係（1.106行末が当該二重子音）

1.104	Frangun|tur rē|mī; tum| prōr(a) ā|vertit, et| undīs		S	S	S	S	D	S		P	P	P	A	A	A
1.106	Ili suɪn|m(ō) in fluc|tū pen|dent; hīs| unda de|hiscens		S	S	S	S	D	S		P	P	P	P	A	A

　上記2行は、風どもの凄まじい襲撃の描写である。

　1.104：風どもの艦船襲撃の様。一艘を例にとっての、船の各部（帆、櫂、船腹）を壊すような風と波の打撃

　1.106：風どもの艦船襲撃の様。ジェットコースターのように、船を丸ごともてあそぶような揺動。大波の山の頂上に上げたり、谷の底（海底近く）まで下げたりの繰り返し

　同じ襲撃の様であるが、1.104は局部的に船の各部に加えられる風と波の打撃の様であり、一方、1.106はより全体的・巨視的状況であって、船が小さく見えるほどの大波の頂上や谷底で丸ごとの船が翻弄される様である。描写の視点が大きく変わっており、主韻律によって内容の同一性を強調することの妥当性に難を感じる。

(4)　事例4　同一主韻律の関係（1.148行末が当該二重子音）

1.147	atque ro|tīs sum|mās levi|bus per|lābitur| undās.		D	S	D	S	D	S		A	P	P	P	A	A
1.148	Ac velu|tī mag|n(ō) in popu|lō cum| saepe co|orta (e)st		D	S	D	S	D	S		A	P	P	P	A	A

　上記2行は騒動を鎮める様である。

　1.147：ネプトゥーヌスが風共に荒らされた大海を鎮める様。車で軽やかに波々の上を滑り行く。

　1.148：民衆の騒動（とその鎮静）への例え。大きな国民の中ではしばしば不和・衝突は起こるものだ。

　147で一旦、段は終了し、148で新たに重要な人間界への例え話が始まる。両行は従韻律が同一の関係にあるが、さらに主韻律を合わせて内

容の全き同一性を強調することの妥当性に難を感じる。

(5) 事例5 真逆主韻律の関係（1.152行末が当該二重子音）

		D	S	D	D	D	D	A	P	A	P	A	A
1.150	iamque fa|cēs et| saxa vo|lant — furor| arma mi|nistrat;	D	S	D	D	D	D	A	P	A	P	A	A
1.152	conspex|ēre, si|lent, ar|rectīs|qu(e) auribus| adstant;	S	D	S	S	D	S	A	A	P	P	A	A

　上記２行は民衆の騒動の段階的拡大と威厳ある者による鎮静の様である。

　1.150：民衆騒動の段階的拡大が今しも武力衝突へ向かう。

　1.152：（敬神と武功で威厳ある男）の姿を目にするや、皆は鎮まり耳をそばだてて立ち止まる。

　民衆の動から静への鮮やかな反転に呼応し「内容と主韻律形式」の一致が認められる。

　とは言え、次の点からは、行末「D」が「S」より妥当であろう。

　1.152 の敬神と武功で威厳ある男はアウグストゥスを想起させる。詩人の 1.152 に対する本来の設計であろう「SDSSDD」の主韻律は近接位置を越えて、同じくアウグストゥスを想起させる冒頭行 1.1「DDSSDS」とキアスムス的に呼応する：「起：然るべき神意を担った始祖」と「結：子孫の実現した神意の世界秩序の有り様と平和」

(6) 事例6 要素真逆のキアスムス主韻律の関係
　　　（1.383行末が当該二重子音）

		D	S	D	D	D	D	A	P	A	P	A	A
1.382	mātre de|ā mons|trante vi|am, data| fāta se|cūtus;	D	S	D	D	D	D	A	P	A	P	A	A
1.383	vix sep|tem con|vols(ae) un|dīs Eu|rōque su|persunt.	S	S	S	S	D	S	A	P	A	P	A	A

　上記２行は地元乙女に扮した母神ウェヌスに来歴を返答しているうちに神々への怒りが湧いてくるアエネーアースの様である。

　1.382「起（相互授受を前提とした敬神）」：（敬神なるアエネーアースは）母神の指示・ユッピテルの神意に従った。トロイアを脱しイタリアへ。

　1.383「結（相互授受を破る神々と敬神の揺らぎ）」：しかし（7 年間の

漂泊の果てに）海難に会い（20 艘中）7 艘しか生き残っていない。

　神々による人間の敬神に対する裏切りの起結として強烈な不満を表現しており、「内容と韻律形式」の一致を認める。

　なお、詩人の 1.383 に対する本来の設計であろう「SSSSDD」の主韻律では、1.382 に対して最終脚だけが要素真逆のキアスムス関係から外れるのであるが、後にわかるように、事実としては「20 艘中 19 艘が生き残っている」のであり、アエネーアースの追い詰められた気持ちと事実との両立が「SSSSDD」で表現されているのかもしれない。

(7)　事例 7　キアスムス主韻律の関係（1.386 行末が当該二重子音）

		S	D	S	S	D	D	P	P	P	P	A	A
1.385	Eurō|p(ā) atqu(e) Asi|ā pul|sus.' Nec| plūra que|rentem	S	D	S	S	D	D	P	P	P	P	A	A
1.386	passa Ve|nus medi|ō sīc| inter|fāta do|lōre (e)st:	D	D	S	S	D	S	A	P	P	A	A	A

　上記 2 行は事例 6 の場面に続く、アエネーアースの現状への嘆きと、それ以上の愚痴を許さないウェヌスの遮りの様である。

　1.385「起」：アエネーアースは、ヨーロッパとアジアから追われたのだと嘆き節を言い出した。

　1.386「結」：ウェヌスは嘆きに割って入りそれ以上言わせない。

　ここで 1.385 は、「起」というよりも、全体俯瞰的には 1.372 から始まるアエネーアースの一連の語りの最終行である。また同様に、1.386 も「結」というよりは、それから始まり 1.401 で終わるウェヌスの語りの冒頭行である。1.386-401 のウェヌスの語りの重要部分は、アエネーアースの話がどのようなものになるにせよ、彼に今後の道を教えるために話す予定にしていたこと（1.389 および 1.401 で繰り返す［神殿／王宮へ、この道をたどれ］）であろうと考える。そうであれば、ウェヌスの語りの冒頭行にアエネーアースの語りの最終行との明確な起結関係を設けることは誤解を招く可能性が高くなるだろう。

　1.386 は「DDSSDD」で設計されたと考える。そうであればこそアエネーアースとウェヌスの両者の対峙するように向かい合う様が前半「DDS」と後半「SDD」の D から S への流れ「→ ←」で表現されるので

はないだろうか。

(8)　事例8　要素真逆のキアスムス主韻律の関係
　　　（1.462行末が当該二重子音）

1.461	En Pria|mus! Sunt| hīc eti|am sua| praemia| laudī;	D	S	D	D	S	A	P	A	P	A	A
1.462	sunt lacri|mae rē|r(um) et men|tem mor|tālia| tangunt.	D	S	S	S	D	S	A	P	P	P	A	A

　上記2行はユーノー神殿でアエネーアースがトロイア戦争の絵画に遭遇し、強く心を動かされる様である。

　1.461「起」：見よ、プリアムスを、（労苦を克服する）誉ある行為が（敬意を持った感涙を呼ぶ描画という）報酬を得ている。

　1.462「要素真逆の結」：人間の（神による）労苦は人間の心の琴線に触れ感涙を呼ぶ。

「当事者」たる敗者の英雄的行為と、それが後に引き起こす「観衆」たる他人の感動の涙との対応かもしれないが、要素真逆の起結関係とするには難を感じる。1.461のプリアムスの話は前行の1.460があるので「労苦→誉れと報酬」という文脈に収まるのだが、ここにおいて1.460は概要であり1.461は具体事例という関係にある。一方の1.462は人間の反応の一般論であるため、その1.462と結び付けるなら概要の1.460の方がより包括的な対を形成するであろう。

(9)　事例9　同一主韻律の関係（1.479行末が当該二重子音）

1.479	Intere|(ā) ad tem|plum nōn| aequae| Palladis| ībant	D	S	S	S	D	S	P	P	P	A	A	A
1.481	supplici|ter tris|tēs et| tunsae| pectora| palmīs;	D	S	S	S	D	S	P	P	P	A	A	A

　上記2行はパッラス神へ捧げものをし必死の祈願をするトロイアの女達の様である。

　1.479：好意的でないパッラス神の（心を捧げもので好意的なものに転換してもうために）神殿に向かうのは（1.480 イーリウムの女達）。

　1.481：（1.480［パッラス神への捧げものとして相応しい］女性用外衣を結髪をほどき散らして運んでいた。）悲嘆にくれる彼女等は、ひざま

ずいて掌で胸を叩く。

　1.479-482 の全体の結論として、1.482 でパッラス神が嘆願を無視する様が語られる。

　このような全体像の中で、元々従韻律を共有している 1.479 と 1.481 が主韻律をも共有することになる。主韻律面で他に特徴的事例のない当該 4 行において、そこまでの韻律の同一性を担って、両行が突出することは不自然に感じられる。

⑽　事例 10　要素真逆のキアスムス主韻律の関係
（1.518 行末が当該二重子音）

1.516	Dissimu|lant, et| nūbe ca|vā specu|lantur a|mictī,		D|S|D|D|D|S	P|P|A|P|A|A
1.518	quid veni|ant; cunc|tīs nam| lectī| nāvibus| ībant,		D|S|S|D|S	A|P|P|A|A|A

　内容については、短母音＋行末二重子音を短音節とする「4.3.1　近接位置の全事例　事例 8　真逆および同一主韻律の関係（1.517 と 1.519 の行末が当該二重子音）」を参照。

　1.516「起」：（ウェヌスの保護雲に）隠れて様子を窺う。

　1.518「要素真逆の結」：何ゆえに来たのか。全ての船の代表者が来ていた。

　不自然の感が強い。隠れて様子を見ることにした結果、様子が分かったという起結関係ならば、1.518 ではまだ「何ゆえにきたのか」という疑問を残しており、一方、1.519 では「好意を求めて」とその答えが示されていることを考えると、1.519 の方が内容的により良く適合するだろう。

　また、要素真逆の関係も 1.516 に対する 1.518 ではなく、むしろ 1.519 に対して、「1.516（先に来て）隠れて見守る王たるアエネーアース」に対する「1.519（後から）嘆願の大声をあげて（目立ちながら）やって来る配下の仲間達」という内容でより良く成立するだろう。

⑾　事例 11　同一主韻律の関係
　　　（1.517 および 1.519 の行末が当該二重子音）

1.517	quae for|tūna vi|rīs, clas|sem quō| lītore| linquant,	S	D	S S D S	A A P P A A
1.519	ōran|tēs veni|(am,) et tem|plum clā|mōre pe|tēbant.	S	D	S S D S	P P P P A A

　内容については、短母音＋行末二重子音を短音節とする「4.3.1　近接位置の全事例　事例 8　真逆および同一主韻律の関係（1.517 と 1.519 の行末が当該二重子音）」を参照。

　両行の行末が共に二重子音であるため、長音節としても両行の主韻律の同一性に変化は起こらない。

　しかし、長音節化によって、短音節の場合に成立する 1.517 と 1.516 の主韻律真逆の関係を喪失してしまう。これは、誰が真の幸運の女神であるのかという伏線的問いの上にある 1.516-519 の全体の文意の要を損なうことになると考える。

⑿　事例 12　同一主韻律の関係（1.605 行末が当該二重子音）

1.605	praemia| digna fe|rant. Quae| tē tam| laeta tu|lērunt	D D S S D S	A A P P A A
1.607	In freta| dum fluvi|ī cur|rent, dum| montibus| umbrae	D D S S D S	A A P P A A

　上記 2 行は、アエネーアースがディードーのなした正義（客人の支援）への報酬を神々に祈願し、ディードーが生まれた背景を称賛して、その誉と名声は正常な世の秩序がある限り続くだろうと語る場面である。

　1.605：ディードーの称讃を通して、ユッピテルと心中で対峙するアエネーアース。「（神々よ、［ユッピテルの主客の正義をなした］ディードーに）相応しい報奨を賜らんことを。（ディードーよ）あなた（のような崇高な方）は、如何なるそれほどにも喜ばしい時代がもたらしたのか（あたかも「黄金時代」の人々のようだ）。（1.606 如何なる、それほどに喜ばしい祖先［の連なり］が、これほどの方を生み出したのか）」

　1.607：ディードーの称讃。「川が海へ走り下る限り、霊たちは山の地下空間を（1.608 その穹窿の下で逍遥する限り、天の極が星々を養う限り）」、すなわち 1.607-608 の要点として「正常な、この世の秩序がある

限り（1.609 ディードーの誉と名声は続くだろう）」

　つながりが悪いと感じる。ディードーの称賛という同一性で結ぶとしても、1.607-609 の結言に当たる 1.609（ディードーの誉れ・名声・称賛の永続）との方が自然である。

　また、長音節化によって「4.3.1　近接位置の全事例　事例 10　同一主韻律の関係（1.605 行末が当該二重子音）」で示した、1.603 と 1.605 の「ディードーの称讃を通して、ユッピテルと心中で対峙するアエネーアース」の構図を喪失してしまう。

⒀　事例 13　キアスムス主韻律の関係
　　　　　（1.671 行末が当該二重子音）

| 1.670 | Hunc Phoe\|nissa te\|net Dī\|dō blan\|dīsque mo\|rātur | S | D | S | S | D | D | A | A | P | P | A | A |
| 1.671 | vōcibus;\| et vere\|or, quō\| sē Iū\|nōnia\| vertant | D | D | S | S | D | S | A | A | P | A | A | A |

　上記 2 行は、当人に自覚はないものの窮地にあるアエネーアースを救うために、ウェヌスが息子のアモル神に策を授ける場面である。

　1.670「起」：フェニキアのディードーが我等のアエネーアースを捕まえ甘言で足止めしている。

　1.671「結」：それに私はユーノーの好意がどこへ向きを変えるのか懸念する。

　起結の関係というには無理がある。

　文意の流れとしては、むしろ、両行がディードー／ユーノーの現状の好意と将来の敵意として対（現状と問題点）となり、その対が 1.673 の対抗策（情火による絡め取り）へと帰結するのではないだろうか。

⒁　事例 14　同一主韻律の関係（1.725 行末が当該二重子音）

| 1.725 | Fit strepi\|tus tec\|tīs, vō\|cemque per\| ampla vo\|lūtant | D | S | S | D | D | S | A | P | P | A | A | A |
| 1.726 | ātria;\| dēpen\|dent lych\|nī laque\|āribus\| aureīs | D | S | S | D | D | S | A | P | P | P | A | A |

　上記 2 行は、ディードーがアエネーアースらをもてなす宴席の第 1 幕（たっぷりの食事による飢餓の追放）が終わり、日も暮れてぶどう酒によ

る第 2 幕が始まる場面である。

　1.725：宴会場を満たす喚声の「生き生きと大きく響く様」

　1.726：宴会場でのランプの光が「まばゆく室内を照らす様」

　この 2 行の同一性は成立している。

　しかし「4.1.2　真逆主韻律　事例 6 2 種の真逆主韻律対および中央行によるキアスムス配置」で示した 1.722-1.726 の 5 行にわたる「A-A'-B-A'ᵒᵖᵖ·-Aᵒᵖᵖ·」というキアスムス構造が失われることは大きな否定的因子である。

4.3.2　遠隔位置の事例

　各事例においては、主韻律同士の関係に呼応して「内容と韻律形式の一致」を成立させる内容同士の関係を解釈として記述している。

(1)　事例 1　真逆主韻律の関係（1.35 行末が当該二重子音）

1.30	Trōas,| rēliqui|ās Dana|(um) atqu(e) im|mītis A|chillī,	S	D	D	S	D	S	A	P	P	A	A	A
1.35	vēla da|bant lae|t(ī), et spū|mās salis |aere ru|ēbant,	D	S	S	D	D	D	A	P	P	P	A	A

　1.30：悲惨なトロイア人。「（海で余すところなく［彼の女神に］翻弄された）トロイア人らを、すなわちギリシア人の（殺戮から）、とりわけ残酷なアキッレースの（殺戮からの）生き残りの（海に逃れた）者らを（さらにユーノーはラティウムから遠く引き離していた）」

　1.35：希望に胸を膨らませるトロイア人。「（シキリアが視界から遠ざかって間もない頃、［イタリアを目指す］トロイア人らは大海原へと）喜々として帆を（風に）与え、青銅の舳先によって海の泡を噴き上げて（突進して）いた」

(2)　事例 2　同一主韻律の関係（1.65 行末が当該二重子音）

1.65	'Aeole,| namque ti|bī dī|vom pater| atqu(e) homi|num rex	D	D	S	D	D	D	A	A	P	P	A	P
1.229	adloqui|tur Venus: |'Ō quī| rēs homi|numque de|umque	D	D	S	D	D	D	P	P	A	A	A	A

　解釈は「3.　第 6 脚の取り扱い」の記述を参照。

(3) 事例3　真逆主韻律の関係（1.77行末が当該二重子音）

1.77	explō|rāre la|bor; mihi| iussa ca|pessere| fās est.	S	D	D	D	D	D	A	A	P	A	A	A
1690	exuit,| et gres|sū gau|dens in|cēdit I|ūlī.	D	S	S	D	S	A	P	P	P	A	A

解釈は「4.2.2 (3) 事例3」を参照。

4.4　従韻律の事例

　従韻律は主韻律の補助的機能であろうと位置付けた。また、従韻律においては第5脚および第6脚が決め事により常に「A」であるため、キアスムスや要素真逆のキアスムスの成立は限定的なものとなる。これらのことから、従韻律単独では複雑な働きは難しいかもしれないと考え、事例としては近接位置での同一および真逆の関係を取り上げている。

　なお、同一従韻律が連続する場合、それは「APPPAA」であることが多い。この従韻律の第1巻における出現率は23.24%と最も高いことが関わるであろう。詩人が従韻律を設計せず成り行きに任せた結果が23.24%であるとすると、隣接する詩行にこの従韻律が出現する確率は、3行：1.255%、4行：0.2917%、5行：0.06779%、6行：0.01575%、7行：0.003661%となる。例えば、第1巻全（完全詩行）753行のどこかに、ランダムに発生する連続3行の事例数の期待値は、後続2行を持ち得る冒頭行の候補数751に1.255%を乗じた9.4であるため、偶然の可能性は排除しないものの、事例8のように連続8行中7行が「APPPAA」である事例がある以上、詩人の意思を読み解こうとすることは理にかなっていると考える。とりわけ、事例4のように、「APPPAA」、「APPAAA」、「APAPAA」、「AAPAAA」の4種の従韻律がキアスムス配置の連続7行を形成し、ランダム出現の確率が0.00002451%であるにもかかわらず、「内容と従韻律形式の一致」が見出される事例を知ればなおのことである。

4.4.1　同一従韻律 (主韻律との協働)

⑴　事例 1　同一従韻律の連続 4 行

1.34	Vix ē |conspec|tū Sicu|lae tel|lūris in| altum	S	S	D	S	D	D	A	P	P	P	A	A
1.35	vēla da|bant lae|t(ī), et spū|mās salis |aere ru|ēbant,	D	S	S	D	D	D	A	P	P	P	A	A
1.36	cum Iū|n(ō), aeter|num ser|vans sub |pectore |volnus,	S	S	S	S	D	D	A	P	P	P	A	A
1.37	haec sē|cum: 'Mē|n(e) incep|tō dē|sistere |victam,	S	S	S	D	D	D	A	P	P	P	A	A

　上記連続 4 行は序歌が終わりいよいよ物語が始まろうとする箇所の冒頭部分である。トロイア人はシキリアから最終目的地イタリアへ出航し喜び勇むものの、それを見る、トロイア人ゆえの心の傷を永遠に抱えるユーノーのこれで良いのかという思いが語られる。そこにおいて「1 つの従韻律」が全行で共有されることが、対照的な両者がこれから「1 つの物語」を回していくという、冒頭に相応しい雰囲気を醸すように感じられる。

　また、ユーノーに関わる後半 2 行では主韻律および従韻律が共に共有されており、不気味な雰囲気がいっそう強調される。

⑵　事例 2　連続 4 行中の連続 3 行が共有する 1 つの従韻律

1.46	Ast ego,| quae dī|v(om) incē|dō rē|gīna, Io|visque	D	S	S	S	D	D	A	P	P	P	A	A
1.47	et soror| et con|iunx, ū|nā cum| gente tot| annōs	D	S	S	S	D	S	A	P	P	P	A	A
1.48	bella ge|r(ō)! Et quis|quam nū|men Iū|nōnis a|dōrat	D	S	S	S	D	D	A	P	P	P	A	A
1.49	praetere|(ā), aut sup|plex ā|rīs im|pōnet ho|nōrem?'	D	S	S	S	D	D	P	P	P	P	A	A

　上記連続 4 行では、神々の女王 (至高神ユッピテルの姉であり配偶神) たる自分が、たった 1 つの民族を相手にこれほど長い年月戦争をして (まだ決着をつけられないで) いるという嘆きと、こんなことでは今後誰もユーノーの神威を求めてひざまずいて生贄を捧げる者はいなくなるではないかという危機感・怒りが語られている。この嘆き・危機感・怒りの感情が同一従韻律の 3 連続によって醸し出されているようだ。4 行目の1.49 は第 1 脚が「P」であることによって当該従韻律と差異を持つのであるが、その第 1 脚を担う「praetereā (今後)」を、その差異が強調する

ことによって、過去の経緯の嘆きと将来の危機感との対比が生まれるのではないだろうか。

　なお、この 4 行では主韻律も 4 行中 3 行が同一であり、主韻律と従韻律を合わせて、ユーノーの嘆き・危機感・怒りの感情を強烈に響かせている。

⑶　事例 3　2 連続同一従韻律によるサンドイッチ構造の連続 5 行

1.80	nimbō|rumque fa|cis tem|pestā|tumque po|tentem.'	S	D	S	S	D	D	A	A	P	A	A	A
1.81	Haec ubi| dicta, ca|uum con|versā| cuspide| montem	D	D	S	S	D	D	A	A	P	A	A	A
1.82	impulit| in latus:| ac ven|tī velut| agmine| factō,	D	D	S	D	D	S	A	A	P	P	A	A
1.83	quā data| porta, ru|unt et| terrās| turbine| perflant.	D	D	S	S	D	D	A	A	P	A	A	A
1.84	Incubu|ēre ma|rī, tō|tumqu(e) ā| sēdibus| īmīs	D	D	S	S	D	S	A	A	P	A	A	A

　上記連続 5 行は、前半 2 行と後半 2 行が同一従韻律を持ち、中央行（第 4 脚のみ他の行と異質）を挟み込んでいる。この 5 行では、主韻律において、第 1 行と第 5 行がキアスムスの関係にあり、また第 2 行と第 4 行が同一主韻律を共有している。第 3 行は他と独立している。したがって、従韻律の状況を重ね合わせると、他の行と連関する主韻律を持つ 2 つの詩行対はすべて同一の従韻律で統一されていることになる。この従韻律は A 的（可変 4 脚中 3 脚が A）であって、自信に満ちて気位の高い様の描写に適合すると思われ、下記の主韻律同士の、起結関係（1.80-1.84）および同一上位概念（1.81-1.83）の連関を下支えしていると考える。

　1.80「起（指揮官の襲撃命令受諾）」：（そもそも襲撃を命ずる）あなたが私（アエオルス）を雨雲と嵐の支配者たらしめているのだ（から）。

　1.81「よく訓練された指揮官・軍団の様（指揮官による軍団への出撃指示）」：こう言うや、槍の石突で洞なす山を。

　1.82「アエオルス - 風どもの軍団の様への唯一の明喩」：（穴を開けるために）その山腹を打った。風どもはまるで軍団が隊列を組む様で。

　1.83「よく訓練された指揮官・軍団の様（整然と勇ましく戦場へ急行する軍団の出陣と進軍）」：門として与えられたそこから、勢いよく出陣し、旋風となって大地を吹き抜ける。

1.84「結（軍団の襲撃開始）」：（配下の）風どもは海に襲い掛かった。そしてその全体を、最も深い底から（かき乱す）。

⑷　事例 4　3 種の従韻律がキアスムス対をなす連続 7 行

1.304	accipit| in Teu|crōs ani|mum men|temque be|nignam.	D	S	D	S	D	D	A	P	P	P	A	A
1.305	At pius| Aenē|ās, per| noctem| plūrima| volvens,	D	S	S	S	D	D	A	P	P	A	A	A
1.306	ut prī|mum lux| alma da|ta (e)st, ex|īre lo|cōsque	S	S	D	S	D	D	A	P	A	P	A	A
1.307	explō|rāre no|vōs, quās| vent(ō) ac|cesserit| ōrās,	S	D	S	S	D	S	A	A	P	A	A	A
1.308	quī tene|ant, n(am) in|culta vi|det, homi|nēsne fe|raene,	D	S	D	D	D	D	A	P	A	P	A	A
1.309	quaerere| constitu|it, soci|īsqu(e) ex|acta re|ferre.	D	D	D	S	D	D	A	P	P	A	A	A
1.310	Class(em) in| convex|ō nemo|rum sub| rūpe ca|vātā	S	S	D	S	D	S	A	P	P	P	A	A

上記連続 7 行の従韻律の推移には次のキアスムス構造がある。

　　a → b → c → d → c → b → a

　　a：APPPAA, b：APPAAA, c：APAPAA, d：AAPAAA

（a から d にかけて、従韻律の可変 4 脚中の A が徐々に増える。c では A と P が交互に出現し受け手の心を揺さぶる効果を持つ）

そして下記のように、「内容と従韻律形式」の、キアスムス構造における一致が見られる。

　a 1.304「安心感」：（ユッピテルの介入によって、ポエニー人の女王は）トロイア人への穏やかで優しい心を受け入れる。

　b 1.305「敬神なるアエネーアースの仲間思い」：しかし一方の敬神なるアエネーアースは夜通し多くのことを思い煩っている。

　c 1.306「決断の意気込み（よし！　やろう）」：元気付ける（朝の）光が到来するや否や、出かけることを（決断する）。そしてこの地を。

　d 1.307「漂着者にとって最大の関心事（ここはどこだ !!）」：この見知らぬ（漂着）地を調査しようと（決心する）。風どもによってどこの岸に漂着したのか。

　c 1.308「決断の意気込み（よし！　やろう）」：眼前の地は未開の地であり、（今後誰かの援助を期待できるか否か）住むのは人か、はたまた野獣かを探ろう。

b 1.309「敬神なるアエネーアースの仲間思い」：調査をして、その結果を仲間に知らせようと決心する。

　a 1.310「安心感」：艦隊を、えぐれた岩山の下部にある森の（形作る）穹窿の中に（隠す）。

　なお、このような従韻律構造による文意的ニュアンスの推移の中で、1.307 と 1.308 の真逆の主韻律関係が、当地の神意の「航行」先に対する位置（1.307）と「停泊」適性たる住むもの（1.308）という調査目的の対照性と一致し、韻律推移全体のアクセントをなしている。

⑸　事例5　同一従韻律の3行を別の同一従韻律が挟む連続5行

1.397	ut redu|cēs il|lī lū|dunt strī|dentibus| ālīs,	D S S S D S	A P P P A A
1.398	et coe|tū cin|xēre po|lum, can|tūsque de|dēre,	S S D S D D	A P A P A A
1.399	haud ali|ter pup|pēsque tu|ae pū|bēsque tu|ōrum	D S D S D D	A P A P A A
1.400	aut por|tum tenet| aut plē|nō subit| ostia| vēlō.	S D S D D S	A P P P A A
1.401	Perge mo|d(o,) et, quā| tē dū|cit via,| dīrige| gressum.'	D S S D D D	A P P P A A

　上記連続5行は、中央部の「APAPAA」という受け手の心を揺さぶる「A」と「P」が交互に現れる従韻律の3行に対して、その前後を「APPPAA」の従韻律が挟み込む構造を持つ。そしてそれは、下記の地元の乙女に変身したウェヌスがアエネーアースに鳥占いの結果を教授する内容と呼応して、「APAPAA」は「高揚して伝える鳥占いの福音」に、そしてP的な「APPPAA」は、精神的高揚前後の基底状態（落ち着いた状態）に一致する。

　1.397「精神的基底状態（高揚前）」：戻って来た彼等（白鳥）が翼で風切り音をたてながら戯れているように。

　1.398「高揚して伝える鳥占いの福音」：言い換えれば、その（戻って来た）時、（輪となって）集まり天の極を取り巻いて、歌声をあげたように。

　1.399「高揚して伝える鳥占いの福音」：まったくそのように、あなたの艦船と、あなたの仲間の壮年の者達も。

　1.400「高揚して伝える鳥占いの福音」：あるいは港に到着しており、あるいは帆を（風で）膨らませて港口に近づいている。

　1.401「精神的基底状態（高揚後）」：さあ、前へ進みなさい。そして道があなたを導くところへ、歩みを向けなさい。

　なお、このように中央部3行の従韻律がAとPの交互出現である中で、主韻律においても1.399と1.400では、共にDまたはSが交互に、しかし互いに逆の並びで出現し真逆の主韻律関係を作っている。両行の内容は、白鳥の様が暗示すること（1.399）および仲間の艦隊の現実の状況（1.400）という、鳥占いのしるしと現実の対照性を持ち、真逆の主韻律関係と一致する。このように特徴的な主韻律および従韻律の関係を通して、受け手の心の揺さぶり効果を最大限に高めている。

⑹　事例6　同一従韻律の連続5行

		S	D	S	S	D	S	A	P	P	A	A	A
1.407	'Quid nā|tum toti|ens, crū|dēlis| tū quoque,| falsīs	S	D	S	S	D	S	A	P	P	A	A	A
1.408	lūdis i|māgini|bus? Cūr| dextrae| iungere| dextram	D	D	S	S	D	D	A	P	P	A	A	A
1.409	nōn datur,| ac vē|rās au|dīr(e) et| reddere| vōcēs?'	D	S	S	S	D	S	A	P	P	A	A	A
1.410	Tālibus| incū|sat, gres|sumqu(e) ad| moenia| tendit:	D	S	S	S	D	D	A	P	P	A	A	A
1.411	at Venus| obscū|rō gradi|entēs| āere| saepsit,	D	S	D	S	D	D	A	P	P	A	A	A

　上記連続5行の内容は下記のような、母と子の、神と人間のすれ違いのせつなさと、それでもそこにある母から子への、神から人間への愛である。この統一的雰囲気が同一従韻律で支えられている。

　1.407-408：あなたも残酷だ。なぜ息子を偽りの姿で何度ももてあそぶのか。

　1.408-409：なぜ右手をつなぐこと（物理的に実体に触れること）、そして真の声をやり取りすることが許されないのか。

　1.410：このように母を非難し、歩みを城市へ向ける。

　1.411：しかしウェヌスは、歩み行く2人を、内部を隠す雲で包み込んだ。

⑺　事例7　同一従韻律の連続4行

		D	D	S	S	D	D	A	P	P	P	A	A
1.646	omnis in| Ascani|ō cā|rī stat| cūra pa|rentis.	D	D	S	S	D	D	A	P	P	P	A	A
1.647	Mūnera| praetere|(ā), Īlia|cīs ē|repta ru|īnīs,	D	D	D	S	D	S	A	P	P	P	A	A
1.648	ferre iu|bet, pal|lam sig|nīs au|rōque ri|gentem,	D	S	S	S	D	D	A	P	P	P	A	A
1.649	et cir|cumtex|tum croce|ō vē|lāmen a|canthō,	S	S	D	S	D	S	A	P	P	P	A	A

　上記連続4行は、アエネーアースの心を「愛」が占める様であり、その統一的雰囲気が同一従韻律で醸し出されている。ただし同じ愛といっても 1.646 は父と子の間の愛であり、その後の3行は許されぬ結婚に向けた愛であるという違いを、主韻律の違いが担っている。

　このアエネーアースの愛の背後には、前者ではウェヌスの神威が、後者ではユーノーの神威が潜んでせめぎ合っているかのようだ。

　前段1（1.637-642）：アエネーアースは、ディードーの宴会場の傲慢なほどの王侯らしい贅を凝らしたしつらえと始祖からの連綿たる偉業の様に触れる。

　前段2（1.643 SDDSDD|PPPPAA）：彼はその様に、思考停止しかけたが。

　前段3（1.644 DDSSDS|APPPAA）：amor（我が子への愛、我が子から父への愛、ウェヌス）がそれを許さなかった。アカーテースを急ぎ船に先遣する。

　前段4（1.645 DDSSDD|PPAAAA）：アスカニウスにこの状況を伝え、彼自身を城市に連れて来るようにと。

　1.646：（我が子）アスカニウスに、（子を）大切にする父の全ての心配・気遣いがとどまる（同時に、アスカニウスの中に、いとしい父への全ての心配・気遣いがとどまる）。

　この 1.646 の訳出では、DDSSDD の前半と後半が相対する主韻律の特徴から、「parentis」を2つの方向（父からの愛と父への愛）から解釈し、それに合わせて「cārī」も2つ（「（子を）いとおしむ（父）」と「（子にとって）いとしい（父）」）に解釈した。今頃我が子は、今頃わが父はどうしているだろうと、父子の愛が遠隔ながらも共鳴する様。この DDSSDD は前行

1.645 でも現れており、子から父への愛［1.644］が遠隔ながら父から子への愛を覚醒させた［1.645-646］かのようである。

　1.647：（アスカニウスを連れて来いという命令に）加えて、トロイアの廃墟から救い出した贈り物を。

　この 1.647 の主韻律は「DDDSDS」という均衡が崩れた様を表現するものであり、この贈り物の指示によって、アエネーアースとディードーの「許されない結婚」へ向けた勢いが均衡を越えたと理解する。

　1.648：持って来いと命令する。すなわち、シンボルや金糸でこわばる外套と。

　1.649：黄色のアカンサス（の刺繍）で縁どりされたベールを。

　後段（1.650-652）：これらの贈り物はヘレナが「許されない結婚」を求めてトロイアへ向かった時に持参した婚礼の衣装である。

⑻　事例8　同一従韻律の4連続および3連続を含む8連続行

1.689	Pāret A|mor dic|tīs cā|rae gene|trīcis, et| ālās	D	S	S	D	D	S	A	P	P	P	A	A
1.690	exuit,| et gres|sū gau|dens in|cēdit I|ūlī.	D	S	S	S	D	S	A	P	P	P	A	A
1.691	At Venus| Ascani|ō placi|dam per| membra qui|ētem	D	D	D	S	D	D	A	P	P	P	A	A
1.692	inrigat,| et fō|tum gremi|ō dea| tollit in| altōs	D	S	D	D	D	S	A	P	P	P	A	A
1.693	Īdali|ae lū|cōs, ubi| mollis a|māracus| illum	D	S	D	D	D	D	P	P	P	A	A	A
1.694	flōribus| et dul|c(ī) adspī|rans com|plectitur| umbrā.	D	S	S	S	D	S	A	P	P	P	A	A
1.695	Iamqu(e) ī|bat dic|tō pā|rens et| dōna Cu|pīdō	S	S	S	S	D	S	A	P	P	P	A	A
1.696	rēgia| portā|bat Tyri|īs, duce| laetus A|chātē.	D	S	D	D	D	S	A	P	P	P	A	A

　上記連続8行は、直前の 1.688 でウェヌスのはかりごとの説明が終わり、これからウェヌスとアモルが手分けして、そのはかりごとを実行していく段である。ここでは、その8行中の7行が「APPPAA」の従韻律で統一されている。唯一異なるのは5行目の「PPPAAA」である。なお、この段の同一主韻律の連続数は、第1巻の中で最多（8連続行中合計7連続）である。

　1つの従韻律での統一は、1つのエピソードが持つ固有の趣をその冒頭句から結句まで統一的に維持すると共に、主韻律の有り様に聴覚を集中させる効果があるだろう。

ここでは、神々のはかりごとが秘密裏に着々と進行する様である。

　なお、5行目（1.693）での従韻律の違いは、その箇所である第1脚および第4脚を形成する「Īdaliae」および「mollis」を際立たせる効果があるだろう。すなわち、「ウェヌスの聖御座所」であり「その心地よさ」である。

　手分けした2人のはかりごとにおいて、アモルの上首尾は1.690で、ウェヌスの上首尾は1.694で語られ、両行の主韻律および従韻律が同一の「DSSSDS|APPPAA」であることによって呼吸の合ったはかりごとの進行を感じさせる。

　1.689：（1人でも最強の軍団たる［1.664-665]）アモルが服従するは母の命令。最愛の母への情愛ゆえに。アモルは（母に付き従ってカルターゴーに飛来し、隠された艦隊と城市を結ぶ経路上にある例の森に現れるや）翼を。

　1.690：外し、（母の命じたイウールスとの入れ替わりを上首尾にこなしたこと、また愛のいたずらのできることに）喜んでイウールスの歩く様にて進軍する。

　1.691：対するウェヌスは、アスカニウスのために四肢の隅々まで穏やかな眠りを。

　1.692：行き渡らせる。そして女神は彼をふところ抱いて温めつつ、高みにあるそこへと持ち上げる。

　1.693：イーダリア山の神聖な森へ。そしてそこでは、マヨラナが彼を柔らかく。

　1.694：（幸せを呼ぶ）香りを放ちつつ、花ふさと芳しいその陰の中に（アスカニウスを）包み込む。

　1.695：さてその間ずっと、（女王を破滅させる）命令に従うためにクピードー（アモル）は歩を進めていた。そして（あの曰く付きの）贈り物を。

　1.696：王から（女王へ）のそれを運んでいた、（ユーノーを祀る）カルターゴー人のために、アカーテースを先頭に（わずか少年1人で反撃開

始の愛のいたずらを）楽しむ風で。

⑼　事例9　同一従韻律の「3連続＋飛び石中央＋3連続」の連続9行

1.734	Adsit| laetiti|ae Bac|chus dator,| et bona| Iūnō;	S	D	S	D	D	S	A	P	P	P	A	A
1.735	et vōs,|Ō, coe|tum, Tyri|ī, cele|brāte fa|ventēs.'	S	S	D	D	D	S	A	P	P	P	A	A
1.736	Dixit, et| in men|sam lati|cum lī|bāvit ho|nōrem,	D	S	D	S	D	D	A	P	P	P	A	A
1.737	prīmaque,| lībā|tō, sum|mō tenus| attigit| ōre,	D	S	S	D	D	D	P	P	P	P	A	A
1.738	tum Biti|ae dedit| increpi|tans; il|l(e) impiger| hausit	D	D	D	S	D	D	A	P	P	P	A	A
1.739	spūman|tem pate|r(am,) et plē|nō sē| prōluit| aurō	S	D	S	S	D	S	P	P	P	P	A	A
1.740	post ali|ī proce|rēs. Citha|rā crī|nītus I|ōpās	D	D	D	S	D	S	A	P	P	P	A	A
1.741	personat| aurā|tā, docu|it quem| maximus| Atlās.	D	S	D	S	D	S	A	P	P	P	A	A
1.742	Hic canit| erran|tem lū|nam sō|lisque la|bōrēs;	D	S	S	S	D	S	A	P	P	P	A	A

　上記の連続9行は、「APPPAA」の3連続で始まり、「PPPPAA＋APPPAA＋PPPPAA」の構造が続き、最後は「APPPAA」の3連続で終わる。最初の3連続の「APPPAA」と、「PPPPAA＋APPPAA＋PPPPAA」の中央の「APPPAA」の間、およびこの中央と最後の3連続の「APPPAA」との間に連続中断の「飛び」があるため、事例の表題では「3連続＋飛び石中央＋3連続」と表記した。9行中7行が「APPPAA」である。

　この9行は、ユーノーを奉ずる女王ディードーの王宮での、アエネーアースらトロイア人を客人とする宴席の華やかさの影で、ユッピテルへの不敬神な振る舞いが見え隠れする段である。その様が通奏低音のような「APPPAA」と「PPPPAA」の従韻律の響きと呼応する。

　中でも、飛び石部で「APPPAA」を前後から挟み込む「PPPPAA」の1.737と1.739が最高度に「P」的であることが、当該行で語られるユッピテルへの献酒皿のぞんざいな扱いと呼応している。

　1.734：（今ここに）ご臨席されますよう、喜びを与えるバックスが、そして（ユッピテルは天上遥かにおわすところ、）慈悲深い（善の守護者）ユーノーこそが。

　1.735：しかるに、お前達よ、おー（我等の約定による）結び付きを、テュルス人達よ、祝賀するのだ、その（利得を知る）支持者たれ」

1.736：女王は言い終えた。そしてワインを祭壇に（形ばかり）注いで（ユッピテルに）献酒し。

1.737：その献酒が済んだ後で、最初に彼女が、（献酒皿に残ったワインを）少し味わった。それも極力、口の先のその先でその献酒皿に接したのであった（あたかも、それで献酒したユッピテルとの接触を忌むかのように）。

1.738：次にはビティアスにその杯を下し与え、もっと速く飲めと大きな声で叱責した。その者は（ユッピテルへの献酒はないがしろに）休むことなく一気に飲み干してしまった。

1.739：（ディアーナに駆り立てられる猪の吹くような［cf. 1.324]）泡が（飲む勢いで）沸き立つ献酒の皿から（であったが、逆から見れば、その怠らず見逃すことのない父たる神が泡を吹く者を飲み込んでしまったかのよう）。そうして、（ユッピテルへの）黄金の献酒皿に満々の酒で己の内臓を洗い清めたのであった（が、それはまるで、有り余るほどの黄金ゆえに逆にいや増す飢餓感から遂には皿まで飲み込まんばかり、その泡立つ呪いの奔流に押し流され、強欲に浸った我が身をユッピテルに献上するかのようでもあった）。

1.738-739 の「ill（e）impiger hausit spūmantem pater（am），et」は、語末母音脱落のために聴き手には「ill（um）impiger hausit supūmantem pater, et」の場合と同じに響く。後者の訳を上記（逆から見れば〜）の括弧内に記した。

1.740：（女王は差配する。まず）彼の後に（同じ様に神々への献酒を省き一気飲みの仕方で）、他の指導的立場の者達（テュルス人も今や女王の配下のようなトロイア人）も続いた。（次にあたかもムーサのように歌唱者にうながし、）竪琴を（アポッローの如くに）長髪にしたイオーパースが。

1.741：響き渡らせる、（アポッローのそれの如くに）黄金色に輝くそれを。（しかし）彼に教えたのは（アポッローやムーサではなく）偉大なるアトラース。（この神は、オリュンプス12神より古い剛腕の巨人神。

人のいない黄金のヘスペリアを支配した。その天文学は人間に伝わり、テュロス人は新たな学びで船を操り黄金を追求する。この神は、ユッピテルへの挑戦に破れ、今やヘスペリアの果てで天の重荷を支え続ける）

1.742：彼は歌った、（最初に、）正しい道を踏み外し行く月と、太陽の食の労苦を（しかし日食はやがて回復するもの）。

（黄金を追求するこの王宮で、歌い手の外見と主題は一致せず、その主題は、未来を含めて全てを知るシーレーヌスの歌の初めの段 [E. 6.31-40] のよう。それは、ユッピテルへの挑戦たる後の世の哲学。神々を、何より強欲を遠ざけるのは、至上の快楽「平静」を目指すゆえと教えるその知恵を、ユッピテルを恐れず快楽を求めよと都合よく、相互授受のユーノー信仰と混合し、論理の順序もばらばらに、ただ「原子と空虚」の天地創造スペクタクルを見せつけて、見せかけと欺きが交錯するこの宴に相応しい。一方で、シーレーヌスの「さ迷うガッルス [E. 6.64]」の結末（愛ゆえの自死 [E. 10.69 Omnia| vincit A|mor; et| nōs cē|dāmus A|mōrī.||DDSSDS|AAPAAA|| 愛は全てを打ち負かす。それゆえに私も屈服しよう]）は知る由もない。皮肉にも、愛欲と結婚に無関心な月のディアーナの如くこの舞台に現れた女王 [1.496-506] と、太陽のアポッローの如く現れたアエネーアース [1.588-1.593] の、許されぬ愛の運命の予兆の如く月の迷いと太陽の食を歌う）

4.4.2 真逆従韻律

(1) 事例1 真逆従韻律で構成するサンドイッチ構造

1.14	ōstia,| dīves o|pum studi|īsqu(e) as|perrima| bellī,	D	D	D	S	D	S	A	A	P	A	A	A
1.15	quam Iū|nō fer|tur ter|rīs magis| omnibus| ūnam	S	S	S	D	D	D	P	P	P	P	A	A
1.16	posthabi|tā colu|isse Sa|mō; hīc| illīus| arma,	D	D	D	S	D	D	P	P	A	P	A	A

上記3行は、1.3-5 のトロイア人落人に対するユーノーの仕打ちに対照されるべき、カルターゴー人に対するユーノーの肩入れを語っている。カルターゴーとユーノーの関係を明かす 1.15 を前後から挟むサンドイッチ構造において、1.14 と 1.16 の間に真逆従韻律の関係があり、

恐ろしげな結果（カルターゴーの繁栄と好戦性）と優しげな原因（ユーノーのこの上ない慈しみと拠点化）の対照性に一致している。

　1.14：（ローマの軍港となるべきその）河口地帯に。彼等は財力兵力に富み、（富を求めて）戦争に逸る猛々しさは抜きん出ていた。

　1.15：しかるに、言われているのは、そのような都を、どこよりいっそうユーノーがあらゆる土地の中でも唯一つと。

　1.16：（地縁・血縁にとらわれず）生誕の地サモス島をも押し退けて、慈しんだものだったということ。ここには、女神の武器もあった。

　なお、1.14 と 1.15 の主韻律の特徴とその真逆関係は、第Ⅱ部の訳注［1.12-15, 1.32］を参照。

⑵　事例 2　最大限の「P 的→A 的」の激変を担う隣接真逆従韻律

1.97	Tȳdī|dē! Mē|n(e) Īlia|cīs oc|cumbere| campīs	S	S	D	S	D	S	P	P	P	P	A	A
1.98	nōn potu|isse, tu|āqu(e) ani|m(am) hanc ef|fundere| dextrā,	D	D	D	S	D	S	A	A	A	A	A	A

　上記 2 行は、7 年に及ぶ 20 艘の仲間を率いての漂泊の落人行の果てに、大海の真ん中で人知れずの艦隊全滅の運命を突き付けられたアエネーアースの叫びである。こんな惨めで無責任な死に方をする運命だったのなら、なぜトロイアの戦場で英雄として死なせてくれなかったのか、なぜあの時、テューデウスの子に止めを刺される寸前に母神は私を助けたのか！

　感情爆発の表現において、最大限に P 的な「PPPPAA」の直後に最大限に A 的な「AAAAAA」を配することは非常に効果的な技巧であろう。

　1.97：テューデウスの子よ！（なぜ）私はトロイアの野で倒れることが。

　1.98：できなかったのか、お前の右手でこの魂を解き放つことが。

⑶　事例3　真逆な従韻律のキアスムス配置の連続4行

1.321	Ac prior,| 'Heus' in|quit 'iuve|nēs, mon|strāte me|ārum	D	S	D	S	D	D		A	A	P	P	A	A
1.322	vīdis|tis sī qu(am) hīc er|rantem| forte sor|ōrum,	S	S	S	S	D	D		P	P	A	A	A	A
1.323	succinc|tam phare|tr(ā) et macu|lōsae| tegmine| lyncis,	S	D	D	S	D	D		P	P	A	A	A	A
1.324	aut spū|mantis a|prī cur|sum clā|mōre pre|mentem.'	S	D	S	S	D	D		A	A	P	P	A	A

　上記4行では、その始まりと終わりが「AAPPAA」であり、中間の2行が、真逆の「PPAAAA」である。この段は、漂着地周辺の調査行に出たアエネーアースと配下のアカーテースの前に母神ウェヌスが地元乙女に変身して現れ、呼び掛けた場面である。

　母神の狙いは、ユーノーの本拠地で我が身を守る警告と情報を我が子に授けることであろう。そのとき、母神にとって重要な意味を持つ発言とそれを支える副次的発言を区別し、そのメリハリを従韻律の変化で表現したのではないだろうか。

　すなわち、始まりの「1.321 monstrāte（教えよ）」は、母神にとっては「（大事なことを）教えてやろう」という重要な宣言であり、終わりの「1.324 spūmantis aprī cursum prementem（泡を吹くほど疲弊した猪の進路をふさぐ）」は「これまで、何度もユーノーは、イタリアへ向かうトロイア人の進路をふさいできたこと、それゆえトロイア人は疲弊していること」の暗示であり、「これから、この地を本拠地とするユーノーは、疲弊したトロイア人相手に、ここでもイタリア行きを阻もうとするだろう」という重要な警告である。これらの重要性を「AAPPAA」が担っている。

　一方、「PPAAAA」の1.322と1.323は、1.324の警告に対して、イタリア行きを阻むのは「狩り装束で山々をさすらう狩りの女神ディアーナのような存在（すなわち、やがてディアーナのように登場する女王ディードー［1.496-506］）」であろうと補佐的情報を提供している。

　1.321：女神は、先んじて声を掛けた、「やよ、そこの若い者らよ。教えたまえ。私の身内のことだが。

　1.322：もしも見かけたのなら、ひょっとして、私の姉妹達で誰かこ

の辺りをうろうろしていた者を。

　1.323：身に付けていたのは矢筒、それとまだら模様の毛皮です、山猫の。

　1.324：あるいは、（駆り立てられて）泡を吹いてあえぐ猪の進路を、叫び声をあげて、ふさいでいたかもしれません」

(4)　事例4　真逆従韻律の連続2行

1.356	nūdā|vit, cae|cumque do|mūs scelus| omne re|texit.	S	S	D	D	D	D	P	P	A	P	A	A
1.357	Tum cele|rāre fu|gam patri|āqu(e) ex|cēdere| suādet,	D	D	D	S	D	D	A	A	P	A	A	A

　上記2行は、テュルス人王家内の内紛に翻弄されるディードーの物語において、夫シュカエウスを心から愛した彼女の夢に、長く失踪していた夫が現れた場面である。

　真逆の従韻律は、1.356の「『自分の死』とその理由（身内による金目当ての殺害）の知らせ」に対する、1.357の「『相手の生』を守るための国外逃亡の助言」という内容の対照性と呼応する。

　前段（1.355 SSSDDS｜PPPPAA）：家の守り神の祭壇での惨劇を、また、刃物で幾度か胸を貫かれたことを（亡霊となって現れた夫は）

　1.356：暴露した。そうして身内の者が犯し隠した犯罪を全て明らかにした。

　1.357：そして急いで逃げるべきと、つまり祖国から脱出するべきと忠告する。

(5)　事例5　真逆従韻律で挟むサンドイッチ構造の連続3行

1.358	auxili|umque vi|ae vete|rēs tel|lūre re|clūdit	D	D	D	S	D	D	A	A	P	P	A	A
1.359	thēsau|rōs, ig|nōt(um) ar|gentī| pondus et| aurī	S	S	S	S	D	S	P	P	A	A	A	A
1.360	Hīs com|mōta fu|gam Dī|dō soci|ōsque pa|rābat:	S	D	S	D	D	D	A	A	P	P	A	A

　上記3行は、前の事例4に続き、路銀としての宝物（殺害者たるディードーの兄弟王ピュグマリオーンが狙っていたもの）を夫の亡霊がディードーに授ける場面である。

　逃避行として一般的な内容である 1.358 の「路銀調達」および 1.360 の「仲間の準備」が「AAPPAA」で表現され、一方、1.359 の殺害者が長年有りかを探っていたであろう最高の富裕者シュカエウスの「財宝（膨大な金銀）を目の前にする場面」を真逆の従韻律「PPAAAA」で表現することは、1.359 の緊迫感を高める効果を持つであろう。

　また、この 1.359 の主韻律は「SSSSDS」と最大限に S 的であり、財宝を前に目を奪われて呆然とし、あたかも一瞬が永遠の長さに思われる感覚を象徴している。

　1.358：彼は逃避行の路銀を用立てるために、地下にある古からのそれを開け放つ。

　1.359：宝物室を、世間には知られていなかった莫大な銀や金を。

　1.360：これらのことに驚き衝き動かされた彼女は、逃走とその仲間の準備を進めた。

(6)　事例 6　最大限の「P 的→A 的」の激変を担う隣接真逆従韻律

| 1.388 | vītā\|līs car\|pis, Tyri\|am qu(ī) ad\|vēneris\| urbem. | | S | S | D | S | D | D | P | P | P | P | A | A |
| 1.389 | Perge mo\|d(o,) atqu(e) hinc\| tē rē\|gīn(ae) ad\| līmina\| perfer, | | D | S | S | S | D | D | A | A | A | A | A | A |

　上記 2 行の従韻律の真逆性は前出の事例 2（1.97 と 1.98）の真逆性と同一形態である。また、内容的にも両事例は結び付いていると考える。

　1.388 は「過去の弁明：神々（特にウェヌス）の見守りの主張」であり、試練が続いたからと言って神々があなたを見放しているのではなく、事実、今回もあなたは死の淵から生還しているではないかと主張する。一方の 1.389 は「未来の宣言：未来も絶えない神々（特にウェヌス）の見守りの宣言」である。この「過去の弁明」と「未来の宣言」の対照が、従韻律の特徴的真逆性と一致していると考える。

　この宣言は語義だけでは見えてき難いであろう。しかし、第 1 巻での出現率 0.797％ の従韻律「AAAAAA」を共有し、それが 1 番目に出現した 1.98 と、2 番目に出現したこの 1.389 の内容面での関係を「内容と韻律形式の一致」視点から検討すると次のことが浮かび上がる。1.98 は、

「自分はなぜテューデウスの子に止めを刺されなかったのか」と天に向かって叫ぶアエネーアースの声である。言い換えれば、その場面でアエネーアースをすんでのところで救出した母神ウェヌスに対して「（結局ここで犬死する運命だったのなら）なぜあの時私を助けた」と叫んでいる。この自分に向けられた非難の叫び（1番目の「ＡＡＡＡＡＡ」）に対する、ウェヌスの我が子アエネーアースへの心の底からの応答こそが1.389（2番目の「ＡＡＡＡＡＡ」）なのである。

　損耗した艦船と疲弊した仲間の救済のためには現地の女王ディードーの援助は必須であり、それゆえに、何はともあれ女王の館へ向かえというのは自然なことである。しかし、それは同時にアエネーアースを滅ぼさんとしてきたユーノーの神殿へ向かうことでもあり、どのような危険が待ち受けているか分からないのである。母神として、それにもかかわらず向かえと言うことは、そこに「何があっても私はお前を守る。何度でも守って見せる」という決意と宣言が無ければ、ウェヌスの神格と作品価値をおとしめることになるだろう。

　前段1（1.372-386）：地元乙女に変身したウェヌスの出自や来歴の質問に不承不承応ずるアエネーアースが、神々の不条理に対する感情の高ぶりと共に自分は神々に見捨てられたと言いつのり出した。それ以上の嘆き節を封ずるようにウェヌスは地元乙女の口を借りて、反論を始めた。

　前段2（1.387）：（それ以上口にしてはならぬ。）あなたが誰であれ、（まさに本人である）私が見るところ、決して神々はあなたを見放していません、なぜなら。

　1.388：（皆の未来がその双肩にかかっている）あなたは今、息をして命を支えている。（形を変えた更なる試練が待つであろう）テュルス人の都まで（まずは生きて）たどり着いたのだから。（それは、あなたには見えない、私と至高神の見守りゆえです。あなたは敬神を保たねばなりません）

　1.389：さあ、（ただひたすらに）歩みを続けなさい。そして、ここか

112

ら都の女王と神々の女王との王宮・神殿の入り口へ赴きなさい。（私は
何度でも、運命の成就のため、息子のあなたの命を救う）

(7) 事例 7　真逆従韻律で挟み込むサンドイッチ構造の 3 連続行

		D	S	D	D	D	S	P	P	A	P	A	A
1.394	aetheri|ā quōs| lapsa pla|gā Iovis| āles a|pertō	D	S	D	D	D	S	P	P	A	P	A	A
1.395	turbā|bat cae|lō; nunc| terrās| ordine| longō	S	S	S	S	D	S	P	P	P	A	A	A
1.396	aut cape|r(e,) aut cap|tās iam| dēspec|tāre vi|dentur:	D	S	S	S	D	D	A	A	P	A	A	A

　上記 3 行は、前記の事例 6 に続いて、地元乙女に変身した母神ウェヌ
スがアエネーアースのために、鳥占いを通して行方不明になった仲間の
艦隊の様子を予言する場面である。

　1.394 は「受難」を、一方の 1.396 は「無事帰還」を語る。この内容の
対照性が真逆の従韻律と一致する。

　なお、中間の 1.395 においては、可変 4 脚中の前半が 1.394 のそれと
同一であり、後半が 1.396 のそれと同一である。その内容においても前
半が 1.394 と一体であり、後半が 1.396 と一体であって、ここにも「内
容と従韻律形式の一致」が見られる。

　前段（1.393 DSSSDS｜APPAAA）：よく見みなさい、（集結に）喜び
一団となって（飛んで）いる 12 羽の白鳥達を。

　1.394：彼等を、天の（神聖な）区域から舞い下ったユッピテルの猛禽
（鷲）が、広く大空中で。

　1.395：混乱させていたのだが、今では、長く 1 列となり、大地に。

　1.396：到着するか、先行した（仲間の）着地点を見下ろしているのが
見て取れます。

(8) 事例 8　最大限の「A 的→ P 的」の激変を担う隣接真逆従韻律

		D	S	S	S	D	S	A	A	A	A	A	A
1.420	imminet,| adver|sāsqu(e) ad|spectat| dēsuper| arcēs.	D	S	S	S	D	S	A	A	A	A	A	A
1.421	Mīrā|tur mō|l(em) Aenē|ās, mā|gālia| quondam,	S	S	S	S	D	D	P	P	P	P	A	A

　上記 1.420 の 従 韻 律「AAAAAA」は、次 頁 前 段 2 の 1.414 の
「AAAAAA」と共に、地元乙女に変身した母神ウェヌスの「我が子見守

り・支援宣言」であると推定した 1.389 の「AAAAAA」の後にはじめて出現したものである（最初が 1.414、次が 1.420）。この高らかな従韻律の共有は、次のように背後のウェヌスの神威を示唆する。

　1.389：敵地に向かう我が子の見守り・支援宣言

　1.414：我が子を包み外部の干渉から守るウェヌスの保護雲

　1.420：我が子が予め一帯最高峰の丘の上から敵地の城市内の様子を
　　　　　細かく観察できるように助けたウェヌスの保護雲

　一方、1.421 の従韻律「PPPPAA」は、最大限に P 的であり、かつては小屋しかなかった地にディードーが築いた都の巨大さに、言い換えれば、我が現状の卑小感に圧倒される心情と一致する。このような従韻律の最大限の反転は、母子間の大きな心理的落差の暗示となろう。

　前段 1（1.411-413）：（我が子アエネーアースに非難の言葉を去り行く背中に投げ付けられた）母神ウェヌスであったが、道を進む彼等を外から見えなくし、触れられなくする保護雲で覆った。

　前段 2（1.414 SDDSDS|AAAAAA）：言い換えれば、誰も遅らそうとしたり、何をしに来たかと尋ねたりすることが（できないように）。

　前段 3（1.419 SSSSDS|APPPAA）：そして今、これまでずっと丘を登って来ていたのであったが、その丘は、最も高く、城市が。

　1.420：間近に迫り、数々の櫓を備えた城塞に、上から面して（それをじっと見下ろして）いる。（あたかもオリュンプスのユッピテルが地上を間近に見下ろすときのように [1.223-226]、ウェヌスの保護雲の力で、アエネーアースらも城市を間近に見下ろす）

　なお、アエネーアースらが城市内に入るのはもっと後の 1.439 以降であり、それ以前にカルターゴー人の様子を細かく観察できたのはウェヌスの保護雲の力であると思われる。（実際、オデュッセウスがパイエーケス人の都の港・船・集会所等を眺めるのも、町中に入った後である [Od. 7.43-45]）

　1.421：アエネーアースは建造された城市の巨大さに驚きいる。かつては遊牧の小屋が散在していたろうにと。

⑼　事例9　真逆従韻律の連続2行
（行の前半と後半にも有意な関係、1.472第6脚に重要な破格）

1.471	Tȳdī|dēs mul|tā vas|tābat| caede cru|entus,	S	S	S	S	D	D	P	P	P	A	A	A
1.472	arden|tīsqu(e) ā|vertit e|quōs in| castra, pri|us quam	S	S	D	S	D	D	A	A	A	P	A	P

　上記2行は、アエネーアースがユーノー神殿に飾られたトロイア戦争の絵画を順繰りに眺め、トロイアに加勢に来たトラーキア王レーススの闇討ちの悲劇（トロイアにとってはその不落の神託を担う馬の喪失の悲劇）に気付いた場面である。

　1.471の「PPPAAA」は、テューデウスの子ディオメーデスがこっそりと忍び寄る前半に呼応する「PPP」と、激しい殺戮を展開する後半に呼応する「AAA」から成る。一方1.472は神託を担い（雪よりも白く）光り輝く馬達の様の前半に呼応する「AAA」と、その馬達が然るべきことをするより先に強奪された、もしも順序が逆であったらトロイアは不落であったのにという口惜しさに呼応する「PAP」から成る。このように1.471と1.472では行単位の対比で「内容と韻律形式」の一致を見るだけでなく、行内前半後半でのその一致が見られる。とりわけ、1.472の第6脚は破格の「P」であり、当該箇所の「より先に」が担う「口惜しさ」を最大限に破格の従韻律が表現している。

　前段1（1.469 DSDSDS|APPPAA）：（アエネーアースは）そこから遠からぬところにレーススの（軍勢の）雪のように白い幕で出来たテントの数々があることに。

　前段2（1.470 SDSSDS|PPPPAA）：気が付き、涙を流す。（援軍に）来たばかりの夜、夢見の最中に裏切られ。

　1.471：ディオメーデスが（白い天幕の内で赤い）血の色にまみれて多くの殺戮をなし全滅させていた。

　1.472：そうして彼の者は、（雪よりも白く）光り輝く馬達を（彼方の）陣営へと奪い去ってしまった、あるべきだった事より先に。

(10)　事例 10　真逆従韻律の連続 2 行

| 1.650 | ornā\|tus Ar\|gīv(ae) Hele\|nae, quōs\| illa My\|cēnīs, | S | S | D | S | D | S | | P | P | A | P | A | A |
| 1.651 | Pergama\| cum pete\|ret in\|conces\|sōsqu(e) hyme\|naeōs, | D | D | S | S | D | S | | A | A | P | A | A | A |

　上記 2 行は、アエネーアースがディードーへの贈り物として持参するようにアカーテースに言いつけた品物とその由来を語っている。

　アエネーアースが選んだ贈り物が結婚衣装であるときに、1.650 は「祝福された結婚：最初の夫メネラーオスとの結婚」を担い、一方の 1.651 は「許されない結婚：メネラーオスを捨ててのパリスとの新たな結婚」を担う。この内容の対照性が従韻律の真逆性と一致する。

　1.650：すなわちアルゴスのヘレナの（祝福された［最初の夫メネラーオスと］結婚の）衣装を。彼女が、ミュケーナエより。

　1.651：ペルガマへと、（ユーノーに）許されない結婚を（新たな男性［パリス］への渇愛ゆえに）追い求めて。

4 「内容と韻律形式の一致」の事例章全体への補遺

　下記の URL には、著者が『アエネーイス』第 1 巻の冒頭行から最終行まで、山下太郎先生の講読クラスの授業の進度に合わせて約 20 行単位で、ヘクサメテルの朗読の音声録音および内容と韻律形式を考察したスライド静止画面（無音）を YouTube にアップロードした全てのものが出ている。現在第 2 巻に入って継続中。生涯続けたい。

https://www.youtube.com/channel/UCcXSIxmpj9JovAtkWU_r35g/videos の
アップロード動画の表題リスト（新規順）

*Recitation（Aenēis 1.743-756）and Slides| Aeneid for the global peace as the
  ground of our happiness

*Recitation（Aenēis 1.728-742）and Slides| Juno's win?| Virgil's synthesis of
  Homer and Lucretius

*Recitation（Aenēis 1.715-727）and Slides| Battle between Juno and Venus behind the banquet

*Recitation（Aenēis 1.697-714）and Slides| Rescue of Aneneas in an unconscious predicament by Iulus

*Recitation（Aenēis 1.667-696）and Slides| Dido to Creusa, and Amor to Aeolus

*Recitation（Aenēis 1.607-636）and Slides| Rhythm patterns for fights between Juno and Venus behind

*Recitation（Aenēis 1.607-636）and Slides| D/S rhythm contrast in all 6 feet between 1.617 and 4.365

*Recitation（Aenēis 1.579-606）and Slides| Dido's "sociō" is the key piety to restore the age of gold

*Recitation（Aenēis 1.561-578）and Slides_appendix（A.1.607-608：umbrae as souls, convexa as Hades）

*Recitation of Aenēis 1_520-560 and Slides| Jupiter's Warning to the Romans behind Ilioneus' speech

*Recitation of Aenēis 1_498-519 and Slides| Note on the designed arrangements of Dactyls and Spondees

*Recitation of Aenēis 1_498-519 and Slides| Note on the designed arrangements of Dactyls and Spondees

*Recitation（Aenēis 1_466-497）and Slides

*Recitation：Aenēis1.437-465 and Slides including comparison between these verses and 8.594-629

*Recitation：Aenēis1.410-436| Aeneid on Georgicon, Menaechmi and Odyssey| Vision for the world future

*Recitation：Aenēis1.387-409| Aeneid and Menaechmi; Hexameter D/S-A/P arrangement as a key for Virgil

*Recitation：verses from Menaechmī–Development of Patria Pietāsque from Menaechmī into Aenēis（Aeneid）

*Recitation：Aenēis 1_369~386| アエネーアースの至高神ユッピテルへの抑え切れない憤懣

*Recitation：Aenēis 1_343~368| カルターゴー成立エピソードが暗示するユーノーのビジョン（地上［ひいては天上］の発展と秩序の原理）

*Recitation：Aenēis 1_321~342| 変装したウェヌスの言葉が持つ二重の意味

*Recitation ：Acnēis 1_297~320：virginis arma Spartānae が含意する「Amor による死の不条理」の主題

*Recitation：Aenēis 1_275~296 朗読と模式化した韻律の響き

*Recitation：Aenēis 1_253~274 vs 12_828~842：リングコンポジション部の解釈：特徴的韻律を切り口に

*Recitation：Aenēis 1.231-1.253| 1.248［SSSDDD PPPPPA］の従韻律破格の意味

*Recitation：Aenēis 1.208-230 | 韻律が導く文意・主題 |Juppiter 初登場と双方向の pietās

*Recitation：Aenēis 1.192-222| 二枚腰三枚腰のユーノーの策とアエネーアースの攻防―ユッピテルへの信頼と信仰への揺さぶり

*Recitation：Aenēis 1.174-193|「Labor omnia vīcit」たる自尊の傲慢への転化を許さないユッピテルの神意とユーノーの策略

*Slide Show：『アエネーイス』第 1 歌第 177 行の特徴的韻律の意味とその展開―ケレースをキーワードとして

*Slide Show：ウェルギリウスを韻律と共に味わうために―主従二種の韻律の数値化と座標表示の方法

*Recitation：Aenēis 1.157-173| 韻律による文意の暗示

*Recitation：Aenēis 1. 131-156| 韻律と呼応する文意

*Recitation of Aenēis 1.99-101 and 1.117-119：Common structures, Their meaning, and The theme

*Recitation：Aenēis 1.106-130［韻律の可視化と文意への反映］

*Recitation and visualization of rhythm| Aenēis 1.1 – 1.105| Memo on the theme of Aenēis

*Recitation：Aenēis 1.92-105［韻律の可視化］|| Jūnō-Aenēās, Aenēās-Turnus|| Pietās-Amor||Georgicon, Eclogae

*Recitation：Aenēis 1.76-91［韻律の可視化］

*Recitation：Aenēis 1.60-75［韻律の可視化］

*Recitation：Aenēis［1.1,2,3 vs 1.12,13,14］韻律分析からの楽しみ

*Recitation：Aenēis 1.46-59［韻律の可視化］

*Recitation：韻律視点から［AENĒIS 冒頭行への GEORGICON と ECLOGAE の繋がり］

*Recitation：Aenēis 1.1-45［韻律の可視化とその推移、および意味内容の重要コンセプト］

*Recitation：Aenēis 1.34-45；韻律の詩行単位の数値化とその推移の可視化

*Recitation：Aenēis 1.23-33；韻律の詩行単位の数値化とその推移の可視化

*Recitation：Aenēis 1.1-22；韻律の詩行単位の数値化とその推移の可視化

第 *II* 部

ウェルギリウス『アエネーイス』第1巻 「序歌」
―「内容と韻律形式の一致」の訳への適用―

　以下に、「序歌」1.1-33 の解釈において、「内容と韻律形式の一致」視点からの解釈を含んだ訳を記す。丸括弧内にその解釈を記し、その考察の詳細を訳注に記した。また、主韻律および従韻律を［　］内に記載した。従韻律の（/）の表記は丸括弧直前の脚の A または P の著者の選択以外の可能性を示す。斜字体の主韻律や従韻律の記号、例えば「*S*」や「*P*」は破格であることの強調。

1.1　**Arma vi|rumque ca|nō, Trō|iae quī| prīmus ab| ōrīs**
　　　［ D D S S D S | A A P P A A ］

戦争の（滅絶への道を労苦で歩む勇武の）男を私は歌う。すなわちトロイアの、最も抜きん出た者は（その道の）始祖として（同胞を）率い、岸を離れ（見知らぬ海路を）、

1.2　**Ītali|am, fā|tō profu|gus, Lā|vīniaque| vēnit**
　　　［ D S D S D D | P P P P *P* A ］

イタリアへと（遥かな黄金時代再興への）至高の神意ゆえに、（自ら招いた戦争ゆえに滅びた黄金の都の）落人となって、（自ら招いた戦争ゆえに色あせた黄金時代の末裔）ラーウィーニアの名を（契りの末に）冠すべき地へ辿り着いた、

1.3　lītora,| mult(um) il|l(e) et ter|rīs iac|tātus et| altō
　　　［DSSSDS｜AA（/P）A（/P）PAA］

その岸へと。その者は、（故国の滅亡のみならず）陸でも海でも幾度も投げ捨てるように翻弄されてきた、

1.4　vī supe|rum, sae|vae memo|rem Iū|nōnis ob| īram;
　　　［DSDSDD｜P（/A）PPPAA］

天上の（至高のオリュンプスの）力によって。厳格で仮借ないユーノー女神の忘れることのない怒りのために。

1.5　multa quo|qu(e) et bel|lō pas|sus, dum| conderet| urbem,
　　　［DSSSDD｜AP（/A）PPAA］

（されば、着きし後も）再び戦争で多くの忍従を強いられた。しかしその果てには、（定めの）都を創り

1.6　infer|retque de|ōs Lati|ō, genus| unde La|tīnum,
　　　［SDDDDD｜AAPPAA］

（トロイアからの）神々を納めるに至った、（あの）ラティウムの地に。しかるに、そこから1つの氏族がラティウム人として興り、

1.7　Albā|nīque pa|trēs, at|qu(e) altae| moenia| Rōmae.
　　　［SDSSDS｜AAPAAA］

アルバの父祖等が生まれ、そうして、（至高の神意を遥かに担うべき精神も）高きローマの、城壁が起こったのだ。

1.8　Mūsa, mi|hī cau|sās memo|rā, quō| nūmine| laesō,
　　　［DSDSDS｜APPPAA］

ムーサよ、私に語れ。如何なる神格と神の意思が損なわれたがために、

1.9　quidve do|lens, rē|gīna de|um tot| volvere| cāsūs
　　　［D S D S D S｜A P A P A A］

あるいは何を痛みとして、神々の女王（ユーノー）は、これ程までに（労苦の果ての）転落を繰り返すように、

1.10　insig|nem pie|tāte vi|rum, tot a|dīre la|bōrēs
　　　［S D D D D S｜P P A P A A］

敬神では比類のない彼の者を、これ程までの労苦の数々を味わうように、

1.11　impule|rit. Tan|taen(e) ani|mīs cae|lestibus| īrae?
　　　［D S D S D S｜P P A P A A］

追い回したのか。これほどまでの怒りが、神々の心には湧き起こるものなのか？

1.12　**Urbs an|tīqua fu|it, Tyri|ī tenu|ēre co|lōnī,**
　　　［S D D D D S｜A A P P A A］

（ユーノーが彼の者を流浪させていた）いにしえの頃、1 つの都が勃興し終えていた。（あの）テュルス人が植民し居住していた。

1.13　**Karthā|g(ō), Ītali|am cont|rā Tibe|rīnaque| longē**
　　　［S D S D D S｜P P P P *P* A］

その都カルターゴーはイタリアに、すなわち（黄金時代を色あせさせた猛々しい入植者テュブリス王の名にちなむ）ティベリス川のそれに（挑むように）対峙し（しかしまだ）遠くに離れていた、

1.14　**ostia,| dīves o|pum studi|īsqu(e) as|perrima| bellī;**
　　　［D D D S D S｜A A P A A A］

（将来、ローマの軍港となるべきその）河口に。彼等は財力兵力に富み、（富を求めて）戦争に逸る猛々しさは抜きん出ていた。

1.15　quam Iū|nō fer|tur ter|rīs magis| omnibus| ūnam
　　　　［ＳＳＳＤＤＤ|Ｐ（/Ａ）ＰＰＰＡＡ］

しかるに、言われているのは、そのような都を、どこよりいっそう、ユー
ノーがあらゆる土地の中でも唯一つと、

1.16　posthabi|tā colu|isse Sa|mō; hīc| illīus| arma,
　　　　［ＤＤＤＳＤＤ|ＰＰＡＰＡＡ］

生誕の地サモス島をも押し退けて（地縁・血縁にとらわれず）、慈しんだ
ものだったということ。ここには、女神の武器もあった。

1.17　hīc cur|rus fuit;| hoc reg|num dea| gentibus| esse,
　　　　［ＳＤＳＤＤＤ|Ａ（/Ｐ）ＰＡ（/Ｐ）ＰＡＡ］

ここには、女神の戦車もあった。女神は、この都こそが諸族にとっての
（秩序と正義をもたらす）王として君臨することを、

1.18　sī quā| fāta si|nant, iam| tum ten|ditque fo|vetque.
　　　　［ＳＤＳＳＤＤ|Ａ（/Ｐ）ＡＰＡＡＡ］

心に抱き、すでにその時（から）、何とか至高神が（それに向けた展開を）
そのままにしてくれないかと、力を尽くしている。

1.19　Prōgeni|em sed e|nim Trō|iān(ō) ā| sanguine| dūcī
　　　　［ＤＤＳＳＤＳ|ＰＰＰＡＡＡ］

（その時から力を尽くしているというのも、その思い）にもかかわらず、
トロイア人の血を引く子孫が誕生し、

1.20　audie|rat, Tyri|ās ō|lim quae| verteret| arcēs;
　　　　［ＤＤＳＳＤＳ|ＰＰＰＰＡＡ］

その者らはテュルス人の城塞をいつか破壊するようになる（定め）と聞
き知っていたからだ。

1.21　hinc popu|lum lā|tē rē|gem bel|lōque su|perbum
　　　［DSSSDD｜A(/P)PPPAA］

（さらには、）この時点から、（その）国民が、広い領域の「王」として、戦争では（武勇に）誇り高くも（「王」として）おごりつつ、

1.22　ventū|r(um) excidi|ō Liby|ae: sīc| volvere| Parcās.
　　　［SDDSDS｜PPPPAA］

（世界に）立ち現れるであろうことを、（ローマに先んじてそのように歩んできた）リビュアの（かつてのトロイアと同じような傲慢からの）滅亡を契機として。そのように（至高神の下で）運命の3女神が事態を回していることを。

1.23　Id metu|ens vete|risque me|mor Sā|turnia| bellī,
　　　［DDDSDS｜P(/A)PAPAA］

それ（への至高の神意）を恐れるものの、（あの）サートゥルヌスの娘ユーノーは過ぎた戦争（の顛末）を忘れることはなかった。

1.24　prīma quod| ad Trō|iam prō| cārīs| gesserat| Argīs—
　　　［DSSSDS｜APPAAA］

その戦争を、女神は先頭に立ち、トロイアにて、（正義の手先として）愛すべきギリシア人の側に立って推し進めたのであったが。

1.25　necd(um) eti|am cau|s(ae) īrā|rum sae|vīque do|lōrēs
　　　［DSSSDS｜APPPAΛ］

（つまり、それがギリシア人の勝利に終わっても）まだ依然として怒りの原因や（女神を）激しく苛む苦痛の数々は

1.26　excide|rant ani|mō∶manet| altā| mente re|postum
　　　［ＤＤＤＳＤＤ｜ＰＰＰＡＡＡ］

女神の心から消え去ってはいなかった。あの事柄は心の奥底に留め置か
れたままである。

1.27　iūdici|um Pari|dis sprē|taequ(e) in|iūria| formae,
　　　［ＤＤＳＳＤＳ｜ＰＰＰＡＡＡ］

「パリスの審判」が、すなわち（神々の女王であり秩序・正義の女神）の（冒
すべからざる尊厳たる）容姿を（死すべき人間が）軽んずるという（神と
人間の掟を犯す傲慢の）不正義が。

1.28　et genus| invī|s(um), et rap|tī Gany|mēdis ho|nōrēs.
　　　［ＤＳＳＤＤＳ｜Ａ（／Ｐ）ＰＡ（／Ｐ）ＰＡＡ］

言い換えれば、憎むべき（はパリス個人に止まらず、不正義を繰り返す
その）血筋だということ。さらに言えば、その血筋が（至高）神に訪われ
見守られていること。つまり（古くは、至高神に訪われ天界へと）引き
抜かれたガニュメーデースの誉れ（のように）だ。（パリスに審判させた
のも至高神だ。至高神のひいきを良いことに、彼等は血筋として傲慢に
なったのであり、許されざる不敬神の罪である）

1.29　Hīs ac|censa su|per, iac|tātōs| aequore| tōtō
　　　［ＳＤＳＳＤＳ｜ＡＡＰＡＡＡ］

これらのことに煽られた女神は、さらに、（広く）海全体で投げ捨て振り
回しては、

1.30　Trōas,| rēliqui|ās Dana|(um) atqu(e) im|mītis A|chillī,
　　　［ＳＤＤＳＤＳ｜ＡＰＰＡＡＡ］

トロースの血筋（トロイア人）を、彼等はギリシア人からの、とりわけ鬼
と化したアキッレースからの生き残りであったが、

1.31　arcē|bat lon|gē Lati|ō, mul|tōsque per| annōs
　　　［S S D S D S｜P P P P A A］

その者らを、ラティウムから遠ざけていた。（立場を代えれば、彼等は、
途中で放棄することなく）幾年にもわたって、

1.32　errā|bant, ac|tī fā|tīs, mari|(a) omnia| circum.
　　　［S S S D D D｜P P P P A A］

さ迷っていたのであった、（ユーノーの妨害をも我がものと含む）至高神
の神意に駆られて、（目指すそこの）あらゆる周辺を。

1.33　Tantae| mōlis e|rat Rō|mānam| condere| gentem!
　　　［S D S S D D｜A A P A A A］

かくもの（重責と労苦に耐えるべき）大仕事を要したのである、ローマ
人という（新たな）民族を創建することは。

訳注（訳と韻律の関係）

　訳注内容を反映する訳の有り様を必要に応じて説明。

　［1.1］　主韻律「DDSSDS」の第 1 巻での出現率は 6.773% であり、理論的 32 類型中で第 2 位の頻度を示す。32 類型がランダムに出現する場合の出現率 3.125% の約 2.2 倍の高頻度である。この冒頭行では「Arma virumque canō,」の一文で始まり、「Arma virumque」を歌の主題として提示している。この高頻度の出現は主題を担う主韻律として自然なことであろう。

　実際、本主韻律の出現率を、理論的類型の数に因み 32 行単位の移動平均値で、冒頭行からの推移（下図）で見ると、全体平均線の上下に増減を繰り返す中で、ピラミッド形状に抜きん出たピークの値は 25.000% であり、1.264 から 1.296 の範囲に現れる。

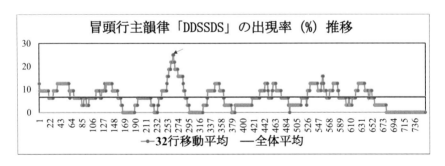

　このピーク範囲はユッピテルがウェヌスに開陳するアエネーアースとその子孫の運命の段であり、アウグストゥスによる戦争の世紀の終結と戦争の門の封印がその締め括りである。このことは主題「Arma virumque」の内容が、冒頭行の背後にある戦争から始まり戦争の滅絶で終わるという、人間によって「世界の黄金時代」を実現する、ユッピテルの「至高の神意」の物語であり、それを担う人間と神々の物語であるこ

とを強く示唆するものであろう。

　このことから、本冒頭行の重要性は強く認識されるべきと考え、括弧書きの補足を充実させた。

　主題の「Arma virumque」は二詞一意と解釈した。ここの２つの名詞の主・従は、これを先行詞として受ける関係代名詞「quī」の性・数（男性・単数）に一致する「virum」を主とし、「arma」を従とした。「arma」の「virum」へのかかり方は、あたかも叙事詩創作を詩人に要請したアウグストゥスを彷彿とさせつつも、彼の事績の根底にある至高神ユッピテルの神意を始祖の物語に託して明らかにしていくという仕方で考えた。「quī」にかかる「prīmus」は第５脚にある重要語として冒頭行の意味合いを深めるべき多様な意味に解釈した。すなわち「quī prīmus」で、「（トロイア人の中でも）卓抜した者」「（然るべき歩みの）始祖」「一同の先頭に立つ者（指導者）」そして「初めての者」である。なお、この「初めての者」は次行でイタリアへ向かうことが示されることから、「トロイアからイタリアへ行く初めての者」であって、言い換えれば「トロイアからイタリアへ行った者が誰もいない中で行く者」すなわち「皆にとって未知の危険の多い航海に乗り出す者」という意味に解釈した。

［1.2, 1.13, 1.23］　従韻律の「PPPP*P*A」は、第５脚がラテン語ヘクサメトルの決め事に従わない破格の「*P*」であり、さらにPが５連続するという、第１巻の全753行（完全行のみ）の中に７行のみの稀な（出現率0.93％）事象である。同様の事情が1.13にもある。

　両行の主・従韻律は「1.2 DSDSDD|PPPP*P*A」対「1.13 SDSDDS|PPPP*P*A」のように、その主韻律では、決め事で「D」である第５脚を除いて全ての可変脚のD/Sが逆（「真逆」）となっている。ここには詩人によって指標の立てられた強調すべき「内容と主韻律形式の一致」があると考え、両行間で対照的な事柄を強調的に補足した。

　すなわち、両行冒頭の「Ītalia」と「Karthāgō」が示唆する将来のポエニ戦争であり、また1.2の「fātō」が担う至高神ユッピテルの神意たる定め

と、1.13 の「Karthāgō」が担うユーノーの最大限の慈しみである。両行中央部では、前者の「profugus」の逃亡と後者の「contrā」の対峙である。とりわけ第 5 脚の「P」に関わって、同じ「Ītalia」でも、前者の「Lāvīnia」は、原初の「黄金時代」をラティウムに作ったサートゥルヌス神（8.319-325）の血筋を持ってアエネーアースの妃となる王女の名前に由来する形容詞であり、やがてポエニ戦争後から始まる内乱の世紀を鎮めるアウグストゥスの将来の「世界の黄金時代」への吉兆となる。一方の 1.13 の「Tiberīna」は、過去の「黄金時代」を「戦争」で色あせさせた王の一人であり野蛮な移植者の「Thybris」の名前（8.326-332）に由来する形容詞であり、またこれが修飾する次行冒頭の「ostia」は将来のポエニ戦争時にローマ軍の軍港となる地名（Ostia）であることから、たとえ勝利しても将来の「世界の黄金時代」をあせさせる危険をはらんだ「戦争」への凶兆となる。行末では、前者の「vēnit」は会合であり、後者の「longē」は隔たり・離別である。

　なお「Lāvīnia」の持つ「長・長・短・短」の音節群はその「長・短・短」部を第 5 詩脚に当てはめるに好適である。事実、全編で「Lāvīnia」の語を持つ詩行は全 13 行存在し、唯一の例外※を除いて全て第 5 詩脚の「長・短・短」に合致している。叙事詩空間を規定する決め事に従い第 5 詩脚は常に「長・短・短」であり、「Lāvīnia」が常にそこに位置することは、あたかも叙事詩世界を規定する至高神ユッピテルの決め事（運命）の下に「Lāvīnia」が置かれていることを象徴するようである。（※ 1.2, 4.236, 6.764, 7.72, 7.314, 7,359, 11.529, 12.17, 12.64, 12.80, 12.194, 12.605, 12.937 の全 13 行の中で、4.236 だけが第 4 脚に位置する。しかるに、この 4.236 の内容が「アエネーアースの現状は、ラーウィーニウムに向かうべき彼の運命に反するものだとのユッピテルの叱責」であることは、「Lāvīnia」の位置が第 5 脚の定位置を外しているという形式と呼応する）

　加えて、この後の 1.23 が初出となる「Sāturnia（サートゥルヌスの娘＝ユーノー）」においても同様の出現状況がある。こちらは、全 20 行※の全てで第 5 脚に一致するのであり、ユーノーが至高神ユッピテルの

決め事の下に置かれていること、言い換えれば、ユーノーのトロイア人、とりわけアエネーアースおよびその子孫に対する過酷な行為が、実は、須らく至高神ユッピテルの定めによることを示唆するようである。（※ 1.23, 1.569, 3.380, 4.92, 5.606, 7.428, 7.560, 7.572, 7.622, 8.329, 8.358, 9.2, 9.745, 9.802, 10.659, 10.760, 11.252, 12.156, 12.178, 12.807）

［1.3-6］　1.3 の主韻律「DSSSDS」は 1.6 の「SDDDD」に対し真逆であり、これは前者のユーノーの試練と後者のユッピテルの定める報酬という内容の対照性に呼応するものと考える。そこから 1.5 から 1.6 にかけての 2 つの接続法動詞を伴う「dum 節」は「結果」を表すとした。

　1.4 の主・従韻律「DSDSDD|PPPPAA」は 1.2 の「DSDSDD|PPPP*PA*」と、第 5 脚の従韻律の破格を除いて、すなわち通常の可変脚は全て同一である。ここで、1.2 を支配するユッピテルの神意「fātum」と 1.4 のキーワードたるユーノーの忘れない怒り「memor īra」が通常の可変脚の範囲内で同一であることは、至高神ユッピテルの神意は然るべき範囲にあるユーノーの怒りを必要な要素として包含したものであることを意味すると考える。ただし破格の第 5 脚の含意は、「アエネーアースがラーウィーニアを妃としそこに国を作ること」はユーノーの拒否する、ユッピテルだけの意思ということであろう。以上から、1.4 の「vī superum」の主体はユーノーだけでなく背後のユッピテルも含むと解釈した。

　なお、ユッピテルが必要とするユーノーの怒りは、第 10 巻のユッピテルが神々を招集した場でのユーノーとウェヌスの論争において、ユーノーの締め括りの言葉となった「正当・公正・正義」を意味する「iustum」（10.95）に基づくと考える。まず、ユーノーは結婚の契り（という秩序）の守護神である。また、ギリシア神話のパリスの審判における三美神の神話で、1 人ヘーラー（ユーノー）のみが「統治（という秩序）」を交換条件とした。『アエネーイス』におけるユッピテルとユーノーは、ギリシア神話で一般的にイメージされるゼウス（ユッピテル）とヘーラー（ユーノー）から脱皮して、「世界の黄金時代」の再建に向けた意思を持つ神々

として再定義されているのであろう。

　1.3 と 1.5 は、原因としてのユーノーの怒りを担う 1.4 を間に挟みつつ、主韻律において第 1 脚から第 5 脚まで「DSSSD」を共有し、苦難の多さを示す「multus」の語も共に持つ。この状況は第 5 脚の「multa」でもユーノーの怒りが原因であることを示すものと解釈した。また、1.3 の「multum .. et tettīs」は 1.5 の「multa .. et bellō」と呼応するものとして、海へ亡命した後の陸地でだけではなく、トロイア戦争の戦場を含むものと解釈した。

　［1.7］　1.7 では高い（altae）ローマ誕生を歌い大団円を迎えた印象を与える。しかしここで、「SDSSDS|AAPAAA」という 1.7 の主・従韻律に着目する。

　この主・従韻律は、後出の 1.29 のそれらと同一である。この 1.29 では怒りに燃えるユーノーがトロイア人を「全ての海上で（aequore tōtō）」痛めつける場面であり、内容的には一見 1.7 と真逆であるが、先に考えたように「世界の黄金時代」の統治（という秩序の）ビジョンを持ち、正当・公正・正義の守護神の責務として、忘れない怒り（1.4）を抱えているのがユーノーならば、「世界の黄金時代」が実現し永続しない限り女神の「怒り」の再燃を恐れる必要があるだろう。このとき 1.7 は 1.29 の内容を共有することになる。

　実際、「全ての海上で」の言葉は、ポエニ戦争時のシチリア近海や、あるいはローマ内戦時のアクティウムの沖合での戦争が、トロイア人（の子孫たるローマ人）を痛めつけるためにユーノーが仕掛けたことを示唆するのかもしれない。

　ポエニ戦争については、1.29 の前の 1.15 から 1.18 で、いかにユーノーがカルターゴーを慈しみ世界の王者となることを望んでいるかが語られ、上記推測を支持すると考える。

　一方、第 8 巻で歌われるアクティウムの海戦（8.671-713）にはユッピテルの名もユーノーの名も直接には出てこない。しかし、そこでアウグ

ストゥス・カエサルが「元老院と国民、また祖国守護神の偉大な神々を伴って（8.679 cum patribus populōque, penātibus et magnīs dīs,）」と描写されるとき、その韻律は「DDDD*SS*|APAA*PP*」である。この韻律の最大の特徴は、後半の「pe|nātibus| et mag|nīs dīs,」部分において、第5脚の主・従が共に、また第6脚の従も破格となっていることである。（第5脚の従韻律は「A」も可能であるが、「dīs」にかかる「magnīs」を強調する方が自然と考えた）

　この最大限の破格韻律は何を意味するのであろうか。

　その考察のために、『アエネーイス』全編を通してもう一箇所、同じ表現が使われていることに注目したい。すなわち、3.12で「仲間と息子、また祖国守護神の偉大な神々を伴って（cum sociīs nātōque penātibus et magnīs dīs.）」アエネーアースが故国から落ち延びる場面である。この両行は真逆の場面である。第8巻では指導者のアウグストゥス・カエサルが勝利する海戦に臨み彼等を率いるのに対し、第3巻では指導者のアエネーアースが敗戦後の逃避行に臨み彼等を率いる。このトロイアの「祖国守護神（penātēs）」は、1.68で「（敗れた祖国守護神を）victōsque penātīs」とユーノーに呼ばれるように、「トロイア戦争でユーノーによって勝たれた祖国守護神」である。それにもかかわらず逃げのびる場面でも「偉大な神々と（magnīs dīs）」と表現される（magnīs dīs を penātibus の同格表現と解釈）ことは、第8巻の状況の伏線であると考える。すなわち、落人のトロイア人がローマ人に生まれ変わるように、「トロイア戦争でユーノーに勝たれた」トロイアの祖国守護神がローマの祖国守護神に生まれ変わって、後には逆に「ローマ内戦を終結させるアクティウムの海戦で、ユーノーに勝つ」のである。実際、韻律においても、1.68の主韻律「DDSSDS」を真逆にした詩行「SSDDDD」のキアスムス「DDDDSS」が8.679の主韻律となる（「真逆のキアスムス関係」※）。（※「真逆のキアスムス関係」は第I部の諸事例の中では取り上げていない。それは、一旦、顕在していない架空の韻律を介することから、慎重さが求められると考えたためである。ここでは各段階の内容面の関係性に無理が少ないと判断した）

つまり、アエネーアースの下で「(過去に)ユーノーに勝たれた守護神」が「(将来に)ユーノーに勝つべき守護神」へとその運命が真逆になり、それを「起」として「結」たるアクティウムの海戦に臨むのである。言い換えれば、ユーノーは敗れたものの、アクティウムの海戦でアウグストゥス・カエサルに敵対したのである。

　加えて、このアウグストゥス陣営出陣の主韻律「DDDD*SS*」と真逆の「SSSSDD」が 1.36 および 1.37 で反復されたとき、その内容が「その時、ユーノーは胸中に永遠の矢傷を抱えつつ」および「このように独白する『私は、企てを止めるのか、敗れたからといって (!)』」であったことは、まさにアウグストゥス陣営にユーノーが敵対することを予言しているのではないだろうか。

　よって 1.7 では、ユーノーの怒りを必要な要素として取り込むユッピテルが、ここに警告の響きを持たせているのだと考え、ここでの「Rōma」は大団円に相応しい「世界の黄金時代」を開くアウグストゥスのローマ市ではなく、ロームルスとレムスの双子の兄弟の争い(レムスの殺害)の末に建設されたローマ市であると解釈した。そこから「altae moenia Rōmae.」については、双子の兄弟の争いの発端がロームルスの建設の城壁をレムスが飛び越えたことであるならば、「altae」が枕詞として「moenia」を間接的に修飾しているのではなく、むしろ、冥界でアンキーセースがアエネーアースにロームルスについて語る時、「ローマは精神(animōs)をオリュンプスに等しくする (6.782)」と述べるように、「altae」は性・数・格の一致する「Rōmae」を直接に修飾し、「(オリュンプスのように) 高い (精神) のローマ＝至高神ユッピテルの神意を担うローマ」の意味を持つと考える。

　なお、このローマ市創建時の双子の兄弟の殺し合いは、「世界の黄金時代」実現へ歩むべきローマが抱える根源的「矛盾」ではないだろうか。共に「労苦」に励み発展するカルターゴーとローマの戦争しかり、そしてローマの内戦しかりである。例えば、「お前が先に、お前が、思いやりを示せ、オリュンプスから血筋を引くのだから、武器を手から捨てよ、私

の血統よ！」（6.834-835）と未来の内戦を予言して叫ぶ、冥界のアンキーセースには詩人が乗り移っているかのようであり、またこの 6.835 の韻律が第 4 脚までで終わっていることは、「内容と韻律形式の一致」として、この願望が未だ成就していないことの象徴的表現形式にも思える。

　[1.8-11]　この 4 行では「DSDSDS」の主韻律が 3 回繰り返される。「DS」が全詩脚の 10/12 を占める。内容的にはユーノーの怒りの理由を繰り返し尋ねており、形式の一致と相まって、『アエネーイス』の重要な作品主題が「ユーノーの怒りの理由とその意味」であることを歌い上げている。言い換えれば、ユーノーの怒りの理由とその意味が作品の趣を決定するのであり、そうであればこそ詩歌の神への呼び掛けと祈願の対象としているのであろう。
　なお、4 行中で 1.10 だけが「SDDDS」の異なる主韻律を持つ。これは「SDD」の前半と「DDS」の後半が対峙する様であり、内容的にも「敬神」の前半と「労苦」の後半が対峙しており、「敬神な者がなぜ労苦に呻吟しなければならないのか」のモチーフを際立たせる。これを踏まえると、「D」が目標に向けた「労苦」で「S」はその労苦が水泡に帰す結果であって、「DS」の繰り返しがあたかも 6.616 の（シーシュプスの）冥界での永遠の労苦の繰り返しのようである。1.9 の「volvere cāsūs」はそのような労苦の示唆であろう。

　[1.12]　この行はカルターゴーへのユーノーの神意および将来のローマとの覇権争いの顛末を語り出す耳目を集める行であるが、その主韻律は 2 行前の、「この上なく敬神であるアエネーアースのユーノーによる繰り返しの受難」を歌う 1.10 と同一の「SDDDS」である。受け手は直前の 1.11 の主題「ユーノーの怒りの大きさ」と相まって、この行に 1.10 と同じ危険、すなわち「ユーノーによる、敬神なるアエネーアースの受難」あるいは「ユーノーによる、アエネーアースの敬神の受難」の悪い予感を感じ取るのではないだろうか。次の 1.12 の行頭にポエニ戦争の相

手である「カルターゴー」の名前が出て、ローマ人にとっては、予感が確信に変わったのではないだろうか。この主韻律効果による悪い予感を「（あの）」に託して訳文に補った。

　なお、1.8から1.11の主題であった「ユーノーの怒り」の説明を期待させる1.12以下の段の内容がカルターゴーへのユーノーの愛であることは、『アエネーイス』が「ひいきの民族を勝たせるために競争相手をつぶす」的次元の物語だと示しているのではない。表面的にはそのようにも見えるが、背後にある「人間界の有り様と統治の理念」が問題であって、カルターゴーがユーノーの理念を体現しているのだと考える。

　オリュンプスの至高神ユッピテルが世界全体を統合する中で、その理念の必須の一部としてユーノーの理念がある。ユッピテルの理念を体現すべきローマがカルターゴーの国家を滅ぼしその土地・文化を吸収するとき、理念は民族を超え得るがゆえに、ユーノーの理念も内部化され得る。そのときローマは内戦の時代を迎えることになる。アウグストゥスによるローマ内戦の克服は、ユーノーの理念の、ユッピテルの理念への止揚となる。しかし、止揚した理念の維持には終わりのない労苦が必要であり、傲慢等で陰りが生ずるときには常にユーノーの理念が復活し全体の統合を揺るがすことになるのであろう。

　ユーノーの理念はユッピテルのそれと相照らすように全編の詩行およびその行間で語られるのであろう。ただ、ここでその輪郭を、これまで述べた「はじめに」および「第II部　訳注［1.1］から［1.7］」の内容に基づき想定すると、例えば次のようになる。

　第1世代の神々ティーターネス神族の父神サートゥルヌスを否定し、同父神から兄弟姉妹の神々（第2世代の神々）を解放したユッピテルが、第2世代の神々の頂点に立ち新たな世界秩序を構築しようとするとき、姉であり妻でもあるユーノーはユッピテルを支持するであろう。すなわち、「局所的黄金時代」創出のために神が原初のままの人間を直接統治することを否定し、「世界全体の黄金時代」のために、神々の下で、生存の労苦を課された人間による自分自身の統治を是とする。しかし同時に、

その労苦を克服する原動力として所有欲を肯定し、その暴走を防ぐために合理と契約によって社会・経済活動の秩序と正義を保ちつつ、世界の統治を富国強兵の知略と力の苛烈な競争の勝者に委ねる。ここにおいてユッピテルの寵愛を良いことに他者・神々に対して傲慢な存在となることは最も許し難い不敬神・不正義であり、秩序と正義の女神として決して許さない。それは滅びたトロイアのみならず、新たなローマにおいても変わることはない（1.11 の怒りの大きさはこれを差す）。

［1.12-15, 1.32］　ここの 4 行と 1.1-4 の 4 行の間には、韻律面で顕著な連関がある。最も際立つのは既に 1.2 の訳注で述べた 1.2 と 1.13 の連関であるが、ここでは、4 行の群同士の連関に注目したい。すなわち、従韻律推移類型が次のようにほぼ同一なのである（3 つ目が類似、他は同一）。

　　1.1-4　：「AAPPAA」→「PPPP*PA*」→「AAAPAA」→「PPPPAA」
　　1.12-15：「AAPPAA」→「PPPP*PA*」→「AAPAAA」→「PPPPAA」

　内容的には、ユーノーの敵意の対象であるトロイア人アエネーアースと、同じユーノーの好意の対象であるカルターゴーのことであって、明確な対照性を持つ。主韻律においては 1.2 と 1.13 の間に真逆の関係が存在しているが、他の 3 行での対の間でも可変 5 脚のうち 3 脚が逆となっている。そのような内容と主韻律の対照性に対して、従韻律が同一の推移を示すことの意味は、「背後にある同一性」すなわち背後で両民族の運不運（fortūna）を支配する女神はユーノーであるという同一性であり、さらには、そのユーノーの振る舞いを己の必須の要素として含め、長期ビジョンで全体の流れを統合するユッピテルの存在という同一性の示唆であろう。また、そのことによって内容の対照性が際立つ効果を持つと考える。

　そこで、1.12 から 1.15 の和訳においては、1.1 から 1.4 の内容との顕著に対照的な連関が必要と考えた。とりわけ、1.1 との対照性が一見薄

い 1.12 では、「絶頂のトロイアの滅亡（1.1）と、新たなカルターゴーの勃興（1.12）」、「アエネーアースらトロイア人の終わりの見えない漂泊（1.1）と、テュルス人の目的地到達と都の建設（1.12）」を意識した。そのために、「sum」を「存在する」ではなく「起こる、現れる」の意味にとった。加えて、1.12 の主韻律が 1.5 と真逆であることからも、苦労の果てに都を築いた 1.5 に対して、既に勃興しているカルターゴーを強調することは妥当と思われた。

なお、1.14 の「DDDSDS」と 1.15 の「SSSDDD」は、互いに真逆の主韻律である。ここで、「SSSDDD」という主韻律は、それぞれ互いに真逆の要素の 3 連続から成る前半「SSS」と後半「DDD」を 1 行に統合するという特殊な形態を持つがゆえに、内容面でも互いに対照的な事象が統合され全体の均衡が取れている（秩序が保たれている）様を示唆すると考える。一方の「DDDSDS」は逆に、全体の均衡が破れた（秩序が崩れた）様と考える。

まず 1.14 では、そこで語られる「繁栄するカルターゴーが好戦的で荒々しい」ことは、ユッピテルの定める秩序（繁栄と正義の均衡）を代弁しているのかのような「女王よ、正義によって傲慢な民族を統御するために新たな城市の建設をユッピテルが許した方よ（1.522- 523）」というイーリオネウスの言葉に反し、その秩序を破壊（繁栄を求めて傲慢になる）しているに等しい。

次に 1.15 では、この行が 1.32 と主・従韻律を同一にすることを考慮した。すなわち、1.32 ではトロイア人が航海で難儀するにおいて、それは「fātīs」によるとされる。すなわち、ユッピテルの神意であることが明示されており、直接的にはユーノーの怒りが原因である（1.4）としつつも、それがユッピテルの長期ビジョンの中に必須の要素として位置付けられている。加えて、ユッピテルが後に語るように、やがてユッピテルと共にローマ人を慈しむようになるのがユーノーの運命（1.281-282）なのである。これらのことから、1.15 が「ユーノーは、（ユッピテルの定める秩序に反する）このカルターゴーを世界のどこよりも唯一つとして

（慈しんだものだった）と言われている」との内容であっても、依然としてユーノーの目論見はユッピテルの長期ビジョンに必須要素として組み込まれており、秩序は保たれていることを意味するだろう。

　これらを総合して、1.14 には悪しきニュアンスを付加し、1.15 での「fertur」の現在形と、この動詞の目的語の 1.16 の「coluisse」の完了形の時制の違いを強調することによって、やがてユッピテルと共にローマ人を慈しむようになる運命（1.281-282）を示唆した。

　[1.16]　この 1.16 と 1.14 との主・従韻律には、最終脚を除いて同一の関係が主韻律に、真逆の関係が従韻律にある。これは、主韻律でカルターゴーの都とユーノーとの一体性を、従韻律では表で躍進するカルターゴーとそれを裏で支援するユーノーとの関係を表現し内容面と呼応させていると考え、そのニュアンスを添えた。また、訳注 [1.12] のユーノーの理念の重要な一端が「posthabitā...Samō」に現れていると考え、訳に盛り込んだ。すなわち、地縁や血縁のないカルターゴーを一番に選ぶことの価値観であり、能力主義である。

　[1.17]　1.17 の主韻律は 1.8・1.9・1.11 で繰り返された主韻律の真逆である。それを踏まえると、これら 3 行の、なぜアエネーアースを叩き潰そうとするのかという趣旨の一連の問いに対する答えを 1.17 が提示していると考え得る。低次元の「身びいき」の論理を超えて、とりわけ 1.9 とは従韻律を共有し、その行の中央にある「rēgīna deum」という属性ゆえのユーノーの理念（訳注 [1.12] 参照）が、アエネーアースによる罪深いトロイア人の再興は不正義であり、能力主義と刻苦勉励で伸びるカルターゴーの世界制覇こそが正義だと訴えているかのようである。

　[1.18, 1.33]　1.18 と序歌最後の 1.33 は、同一の主・従韻律で結ばれている。1.33 の内容はユッピテルの神意による「ローマ人の創出」が「ユーノーによる労苦」の果ての大事業であったことであり、1.18 は

「諸族の王たるカルターゴー」をユッピテルが許すことである。ここで、1.33の内容を直前の1.30行から1.32を受けた「ユーノーによる労苦」の大きさに力点を置いてみれば、1.18の内容の「ユーノーの目論見」の一環として、「内容と韻律形式の一致」を見出せる。

　加えて、1.18の主韻律は1.1とキアスムス関係にあり、起結関係の極端な場合である物語の方向の逆転としてとらえれば、1.1の担うユッピテルの目指す未来への流れに対して、相反するユーノーの目指す未来への流れを担うことになる。

　一方、1.33を「ローマ人の創出」という目的の達成に力点を置いてとらえれば、両行の内容は相反することになる。しかしながら、ここでユッピテルの長期ビジョンが単純にユーノーと反するという直線的視点ではなく、それはユーノーの価値観と努力をある段階まではその必須の一部として組み込んでいるとの立体的視点に立てば、今度は「ローマ人の創造の必須の一部たるユーノーの目論見」として、両行は一致した「内容と韻律形式」を持つことになる。

　1.33の前半「tantae mōlis erat」では上記の直線的視点（ユーノーによる労苦の強調）が中心であり、後半「Rōmānam condere gentem.」では立体的視点（ユッピテルの長期ビジョンの包括性）に置き換わると考え得る。

　またこの場合、1.18と1.33の主韻律が持つ1.1とのキアスムス関係は、起結関係として1.1が担う物語の起点と1.18・1.30が担う物語の各々の帰結を意味することになる。各々の帰結とは1.18のユーノーの目論見のユッピテルによる許可が1.33（ローマ建国）の後に起こることを意味し、1.18の「fāta sinant」とは、ローマが勃興した後に覇権をかけてカルターゴーがこれと戦い滅ぼして、世界の王（諸族の王）になることを「sinant（なるにまかせる）」という意味にとらえた。

［1.19- 20］　1.19と1.20の主韻律は直前の1.18とキアスムス関係を持つ。言い換えれば1.19と1.20は1.1の主韻律に復帰している。この

両行では 1.18 のユーノーの目論見が挫折し、1.1 が担うユッピテルの長期ビジョンが進展する様が語られており、主韻律の 1.18 からこの両行（すなわち 1.1）への復帰は、起結関係の極端な場合である物語の方向の逆転・復帰として内容に呼応している。

［1.21］　1.21 の主・従韻律は 1.5 と同一である。この同一性は、1.21 の内容に 2 つの類似性を付与すると考える。

　第 1 には、「hinc」の解釈である。1.5 の内容である戦争の労苦の果てに都を創建することをなぞれば、1.21 でも数多の戦争の果てに広い地域の王となることを意味すると思われ、それゆえに、「hinc」は「この時点から」の意であると解釈した。「この時点」とは 1.20 の「Tyriās... quae verteret arcēs」であり、1.22 の「excidiō Libyae」で再度強調される史実上のポエニ戦争の勝利である。実際、ローマの支配領域がポエニ戦争後にイタリアの外に拡大した史実に一致することにもなる。

　第 2 には、「bellōque superbum」、およびローマ人自身の嫌った「rex（王）」の言葉が用いられている「lātē rēgem」の解釈である。1.5 が内包するラティウム戦争の終結の特徴が第 12 巻のユーノーとユッピテルの話し合いの場面で語られるが、その特徴とは、終結によって開かれるのは、アエネーアースが当初想定していたトロイア王国再興（1.206）への道ではなく、トロイア人の埋没と、イタリア人の武勇の力が引き継がれた、新たなローマ人創出への道だということである（12.820-840）。

　これから類推すると、1.21 行の「bellōque superbum」も、「lātē rēgem（広域の王）」に向かっていた当初のローマ人は「（イタリア人の）武勇の誇り」としてのそれであったが、「広域の王」となり、さらに「世界の王」を目指す過程で、「王」の自己認識が続くことによって、やがてその「superbum」に「神々をないがしろにする不敬・驕り」の色合いが入り込み、強くなっていったのではないだろうか。

　このことから訳文では、王を「王」と強調し、「王」として驕る、という表現を用いた。

さて、この「驕り」はユーノーの介入をもたらしたであろう。その結果、ローマ人は同盟市戦争、内戦の激化という苦難の時を経験する。しかし、その苦難の果てには、遂に、ローマの狙いが「世界の平和」たる「ローマの平和」の創出へと昇華することになる。したがって、「bellōque superbum」と「lātē rēgem」はそこまでの未来を内包するものと理解した（訳文には含めず）。

　実際、ポエニ戦争勝利後の同盟市戦争は、ポエニ戦争勝利に大いに貢献したローマの同盟市に対する従前からの「王」的扱いが引き起こし、戦争の結果、ローマ市民権が同盟市に与えられたのである。史実上、ポエニ戦争後の領土拡大時期は厭うべき内戦（6.826-835）の時期でもあった。

　物語上も、「王」としてのローマは、ユーノーにとって最も忌むべき「トロイア王国の復活」であり、そしてそれは、ユッピテルさえラティウム戦争の終結時に否定したものである。さらには、秩序と正義の女神ユーノーは 1.17 でカルターゴーの「諸族の王としての支配」を目指すとされているのであり、その女神にとって、トロイアの血を引くローマが「まるでカルターゴーの同類のような属性の国家として更なる拡大をする」ことは、なぜカルターゴーが選ばれないのか、ユッピテルのえこひいきする民族だからか、トロイアの不敬神の罪は十分にあがなわれたのか、そこに如何なる正義があるのか等、決して放置できない事態であっただろう。

　なおローマ人の「bellōque superbum」は、ユーノーがユッピテルにイタリア人の武勇がローマ人に引き継がれることを請願したこと（12.827）と整合するものであり、トロイア／ローマの滅亡に向けた二の矢三の矢を用意するユーノーの遠い慮りと見えないこともない。

　［1.22］　1.22 は 1.30 と同一の主韻律を持つ。1.30 はトロイアがギリシア人に滅ぼされて残党となったトロイア人を語っており、言い換えればトロイアの滅亡である。1.22 はカルターゴーのトロイアの血筋（ロー

マ）による滅亡を語っており、繁栄を謳歌する王国の滅亡という共通内容がある。さらに言えば、その形態にも、「傲慢に振る舞う強国がユッピテルの仕向ける無慈悲な軍事力によって滅びる。（しかし勝利者にもやがて死を含めた大打撃がある）」という共通点があるだろう。なお、勝利者の大打撃は、1.30ではアキッレースやアガメムノーンの死として敢えて語る必要のない当時の周知の事実であり、一方の1.22でも同盟市戦争や内戦としてローマ人には直ちに想起されることであったろう。

　［1.23］　1.23は1.14と同一の主韻律を持つ。1.14では特に第5脚で「asperrima（非常に荒々しい）」とカルターゴーが戦争に逸る様が語られており、1.23の第5脚「Sāturunia（サートゥルヌスの娘＝ユーノー）」と対応する。すなわちユーノーは1.4で「saevae（荒々しい）」と形容されているのであり、ユーノーが関与する戦争では苛烈な結果を伴うことを1.23の主韻律は示唆する。実際、トロイア戦争はそのような戦争であった。訳文では「（あの）」でそのニュアンスを表現した。

　［1.24-25］　1.24ではトロイア戦争でユーノーのギリシア人へ示した態度が「cārīs（最愛の）」と形容されるものの、その主韻律は「DSSSDS」である。一方、カルターゴーを「どこよりも」ユーノーは慈しむとした1.15では「SSSDDD」である。このことから、正義の女神として憎むべきトロイア人がまずあって、正義がそのトロイア人を滅ぼす際の手先として「愛すべき」ギリシア人、という意味に解釈した。
　なお、1.24でユーノーがギリシア人のために先頭に立って戦いトロイア戦争に勝ったこと、それにもかかわらず、続く1.25ではユーノーの怒りと苦痛は未だに続いていることが勝利の1.24と同一の主韻律で語られる。この（一時の勝利は大勢に影響を与えない）ことによって、ユーノーの怒りと苦痛の、深さと激しさがいっそう際立つように感じられる。

［1.26］　1.26 は 1.16 と同一の主韻律を有している。1.16 の慈しみの深さに対して 1.26 は憎悪の根深さであって好対照をなすものであるが、上位概念においては、［1.12-15, 1.32］の訳注で触れたように秩序・正義の女神ユーノーの「正義／不正義」に対する「慈しみ／憎悪」の徹底ぶりが同一のものとして強調される。

［1.27- 28］　1.27 の主韻律は全編冒頭行の 1.1 と同一であり、全編の主題であるユッピテルの神意との連関が示唆される。ユッピテルの神意が「世界の黄金時代」の再建であるとき、ユッピテルが人間世界の「新たな都」に託す使命がイーリオネウスの口を通して示される 1.523 との比較が有意義であると考える。すなわち、1.523 は「正義によって（iustitiā）、傲慢な（superbās）民族を統御する」ことがその使命だとし、その主韻律のみならず従韻律も含めて韻律全体として 1.1 と同一である。対する 1.27 では、それらと同一主韻律の下で、「不正義（iniūria）」および戦争に「滅びた都」の直接的契機となった「パリスの審判」が語られる。したがって、この「不正義（iniūria）」は美醜判定妥当性の不正義という表面的意味ではなく、民族としての有り様の「傲慢（superbia）」が問題となっていると考える。実際、イーリオネウスが自分達の有り様を 1.529 で述べる際に「戦争に敗れた我等には大それた傲慢（nec tanta superbia victīs）」はないとすることに文脈がつながる。1.27 でも 1.26 と同様に秩序・正義の女神ユーノーの「正義／不正義」に対する「慈しみ／憎悪」の徹底ぶりが示されている。

　1.28 では、その「民族としての『傲慢』」というユーノーの判断が、すなわちパリス個人の問題ではないことが、「genus inuīsum（憎むべき民族）」との表現で示される。単に、パリスが憎いので民族全体に憎しみが広がったという表面的因果関係ではない。実際、パリスの祖父にあたるラーオメドーン王が神やヘルクレースをだまし、その「不敬神たる『傲慢』」に対して過酷な神罰や報いを得たことは、当時のローマ人にとって周知の神話である（それを前提とした描写が、トロイア落城を描く 2.625

や 2.643 に現れる）。

1.28 では続けて、ラーオメドーンの叔父ガニュメーデース（トロイア
の名祖トロースの子）にさかのぼった描写まで現れる。

ここで「raptī Ganymēdis honōrēs」と描写されるガニュメーデースの
場合は、「誉れ」であることがユーノーの評価の深みに通ずる。すなわち、
彼をオリュンプスにさらって誉れを授けたのはユッピテルであることが
重要である。それを踏まえれば、「inuīsum」が持つ２つの意味、すなわ
ち「invideō」の完了分詞からの「憎むべき」のみならず、「invīsō」の完了
分詞からの「訪れられた、（神に）見守られた」への配慮が必要であろう。
ユッピテルに訪れられオリュンプスへさらわれて誉れに預かった美少年
がガニュメーデースであることによって、1.28 全体が「傲慢な民族」に
とどまらず「至高神ユッピテルが見守る（寵愛する）ことを良いことに傲
慢となる民族」という神々にとって最高度の不敬神・不正義がここに立
ち現れる。

韻律的にも、1.28 の主韻律「DSSDDS」は、先に触れた、傲慢とは無
縁だと語る 1.529 の主韻律「DDSDDS」との間に「真逆のキアスムス関
係」を持つ。すなわち、1.28 の「DSSDDS」と真逆の関係は「SDDSDD」
となり、これをさらにキアスムスの関係にすると「DDSDDS」という
1.529 の主韻律に変換される。

この韻律形式の変化は、内容面での変化と対応する。まず真逆の関係
とは、1.28 と 1.529 の描くトロイア人の有り様として、前者の「『ユッ
ピテル』の『寵愛』を良いことに『傲慢になっていた』」が、後者の「『ユー
ノー』の『憎しみ』による敗戦・落人行ゆえにもはや『傲慢はない』」と描
写の諸要素が対照的に変換されることである。次に、キアスムス関係と
は前者（起）の「ユーノーによる過去の罪の問い直しという『過去への意
識の流れ』」と後者（結）の「落人トロイア人による更生と未来の建設と
いう『未来への意識の流れ』」の、起結関係のみならず、それらの方向の
対照性である。

したがって、「genus inuīsum（憎むべき民族）」とは美女神コンテスト

で恥をかかされた私怨の次元を超えて、秩序・正義の女神たるユーノー が最高度の不正義に対して最高度の憎しみで「神罰」を下さなければその権能が全うされない、という次元の表現であろう。そして、このことはアウグストゥス・カエサル以降のローマ人に対しても機能するであろう。やがて 1.288 でユッピテルが「ローマ人に終わりのない支配を既に与えてある」と言うとき、「ローマ人は至高神の寵愛を良いことに傲慢とならない仕組みを既に与えてある」と言い換えることができよう。その仕組みには、最も敬神の念にあついアエネーアースの血を引くことと、その最高度の不正義を決して見逃さず神罰を下す秩序・正義の女神ユーノーの存在が重要な要素として含まれているだろう。

[1.29-30]　1.29 は 1.7 と同一の主・従韻律を、1.30 は 1.22 と同一の主韻律を有している。ユッピテルの定めを順風で歩む 1.7 および 1.22 と、ユーノーの逆風を正面から受ける 1.29 および 1.30 が同一の韻律で結ばれていることは、ユーノーの逆風がユッピテルの長期ビジョンの必須の一部として組み込まれていることを示唆するものと考える。

[1.32]　同じ主韻律で結びつけられる 1.15 とこの 1.32 の両者には前者「omnibus」と後者の「omnia」という共通の語がある。主韻律が示唆する同一性を追求すると次のように考え得る。前者の「omnibus」には「ūnam」が続く。後者では「omnia」に「circum」が続くが、「circum」の「周囲」が成立する前提の「1 つの中心点」を意識すると両者の同一性が現れる。前者のカルターゴーに対する後者のラティウムである。ここで 1.15 の「ユーノーがカルターゴーへ『全ての中の唯一つとして愛を向ける』」を 1.32 に投影すると、「トロイア人がラティウムへ『全ての中の唯 1 つとして愛を向ける』」という構図が浮かび上がる。1.32 には、あきらめずにイタリアを目指したという不屈のトロイア人の様が込められており、その試練を与えたユッピテルの神意（1.32 fātīs）との呼応がここにある。なお、同じ主韻律を 1.558 の「カルターゴーに留まらない決意」が共有

することは、内容面と共鳴するものである。そしてその不屈の意志があればこそ 1.37 の「victam」が誇張ではなくなる。

謝辞

　最愛のそして最良の伴侶が、大事な節目ではいつもそうだったように、このときも、それまではラテン語と無縁に過ごしていた私を、「山の学校 夏期講習会 ラテン語入門講座（東京）」に誘ってくれました。

　2012年のことです。そこで山下太郎先生と出会いました。以来10年間、山下先生のラテン語講習会の授業を受け続けて来ました。『アエネーイス』の講読が始まってからは、いつしか、受講申込の際に講読範囲で印象深いと感じた「内容と韻律形式の一致」の事例を添えるようになり、山下先生からはいつも率直な感想と励ましの返信を頂くようになりました。「内容と形式の一致」という概念やウェルギリウスとルクレーティウスとの関係など、私の土台となる考え方は山下先生のご教授の賜物です。ラテン語は声に出して読むものという先生の当初からのご指導が、YouTubeへの朗読のアップロードをはじめ、私の出発点となりました。お陰様で、私なりの考えと試みを本の形にできましたこと、山下太郎先生に深く感謝申し上げます。

著者略歴

三浦　恒正（みうら・つねまさ）

1955年青森県弘前市生れ。工学博士。化学企業勤務時の2012年に「山の学校 夏期講習会 ラテン語入門講座（東京）」に参加して山下太郎先生と出会い、以来10年間、先生のラテン語講習会の受講を継続し現在に至る。定年後に『アエネーイス』第1巻の「内容と韻律形式の一致」の探索と考察に没頭。好きな詩行（ウェヌスからアエネーアースへの言葉）：

Perge mo|d(o), et, quā| tē dū|cit via,| dīrige| gressum.（A. 1.401）
（DSSDDD|APPPAA）

韻律なくして真実なし ウェルギリウス『アエネーイス』
── 第1巻の「内容と韻律形式の一致」

2023年4月15日　初版発行

著　者　三浦　恒正
発行所　学術研究出版
　　　　〒670-0933　兵庫県姫路市平野町62
　　　　［販売］Tel.079（280）2727　Fax.079（244）1482
　　　　［制作］Tel.079（222）5372
　　　　https://arpub.jp
印刷所　小野高速印刷株式会社
©Tsunemasa Miura 2023, Printed in Japan
ISBN978-4-910733-89-0